双花斎宮料理帖

三川みり

JN230433

21202

角川ビーンズ文庫

目次

双花斎宮料理帖 人物紹介
??
斎宮寮で出会った不思議な少女。
奈津《なつ》
炊部司で炊部を務める少年。料理の修業をする真佐智の面倒を見ることになる。
真佐智《まさち》
斎宮寮の美味宮《うましのみや》候補となった少年。容姿について言われるとむきになる癖がある。

正親町冬嗣《おおぎまちふゆつぐ》

主神司《かんつかさ》で小宮司《しょうぐうじ》を務める。陽気でおどけた性格。

斎王《さいおう》

国護大神《くにまもりのおおかみ》を祭る斎宮に仕える。真佐智の叔母にあたる。

斎《さい》宮《ぐう》十《じゅう》二《に》司《し》

斎宮をつつがなく営むための
十二の司。

炊《かし》部《べ》司《つかさ》:美味宮の食を作り、支える。
門《かど》部《べ》司《つかさ》:警備を司る。
酒《さけ》部《べ》司《つかさ》:酒を司る。
薬《くすり》部《べ》司《つかさ》:薬を司る。
采《うね》部《べ》司《つかさ》:女官を司る。
膳《かしわで》部《べ》司《つかさ》:食材の調達を司る。
馬《うま》部《べ》司《つかさ》:馬を司る。
掃《かたい》部《べ》司《つかさ》:掃除を司る。

など

頭《かみ》の小《こ》君《きみ》

斎宮寮の最高責任者である寮頭《りょうのかみ》の娘。奈津の幼馴染み。

本文イラスト／凪かすみ

父は須王《すおう》の地へ旅立つと、真佐智《まさち》は数日前に聞かされていた。そしてその日、「いよいよ父君が出発するゆえ、お見送りに参られよ」と呼ばれ、庭に出た。

そこに普段《ふだん》父が利用する牛車《ぎっしゃ》はなく、あるのは二頭の馬だけ。旅装の家来も、わずか三人。

(随分《ずいぶん》、寂《さび》しげなご出立)

遠い海辺の地へ向かうにしては、あまりに侘《わび》しい旅支度《じたく》だ。十一歳の少年にも、それがわかった。父が須王の地へ行くとは知らされていたが、その理由も、いつ帰ってくるのかも、誰《だれ》も教えてはくれなかった。しかも父はこの時まで、真佐智の前に姿を現さなかった。

春まだ浅き。桜は蕾《つぼみ》のままで、空気にもひんやりした冬の冷たさが残る。敏感《びんかん》に季節の移ろいを知る小鳥の囀《さえず》りだけが、寝殿《しんでん》の屋根の上からしきりに聞こえてくる。

乳母《うば》に背を押され、真佐智は馬の傍《かたわ》らに立つ父へと近づいた。

「よい子にして、待っておいでね」

宮中で、常に称賛《しょうさん》の対象であった風雅《ふうが》な人らしく、父は穏《おだ》やかな微笑《びしょう》で告げた。

真佐智は素直《すなお》に頷《うなず》く。

「はい。よい子にしています。父君は、いつお戻《もど》りですか?」

無邪気《むじゃき》に問うと、父は真佐智の頭を撫《な》でた。

「わからない。一年かもしれぬし、十年……百年かもしれぬ。御門《みかど》のお許しがいただけるまで」

真佐智は、驚《おどろ》き目を見開く。背後の乳母が、我慢《がまん》できなくなったようにすすり泣きはじめた。馬の傍《ひか》らに控える父の乳兄弟《ちきょうだい》も、目を伏《ふ》せ痛みをこらえるような顔をする。

(百年？　御門の、お許し？　父君は、……須王へ行かれるというのは、まさか……流罪《るざい》？)

父は「ではね」と言って馬に跨《また》がり、手綱《たづな》を操《あやつ》ってこちらに背を向け、馬を進める。その後を、乳兄弟が操る馬と、徒歩の家来三人が続く。

馬が門を出ようとしたところで、呆然《ぼうぜん》としていた真佐智は正気づき、声をあげた。

「いや……！　待って！　父君、待って！　なぜ!?　わたしも、連れて行って！」

父を追って駆《か》け出す真佐智を、背後から乳母が「なりませぬ」と涙声《なみだごえ》で制止し、抱《だ》き留《と》める。

真佐智は乳母の手から逃《のが》れようともがきながら、「いやだ、いやだ」と抵抗《ていこう》した。

「父君！　父君！　置いていかないで、父君！」

叫《さけ》んだ。父は馬上から何度も振《ふ》り返ったが、馬の歩みを止めはしない。

「父君！」

父がいなくなる哀《かな》しさと心細さと同時に、なぜ一緒《いっしょ》に連れて行ってくれないのか、なぜこんな直前まで何も教えてくれなかったのかという恨《うら》めしさが吹《ふ》き出す。それら全部が一緒くたになり、涙になり、「なぜ」「どうして」と心の中で問い続ける。

真佐智は乳母の腕《うで》の中で泣き崩《くず》れ、乳母は細っこい彼の体をかき抱《いだ》きながら「わたしが、若君のお側《そば》におります」と、涙声で繰《く》り返していた。

それは新たな御門が即位《そくい》し、元号が改まった延令《えんれい》元年春のこと。

姓《せい》を賜《たまわ》り臣下へ下っていた先帝《せんてい》の第四皇子、一条東宣親《いちじょうひがしのぶちか》は都随一《ずいいち》の歌人。しかし異母兄である今上《きんじょう》の怒《いか》りを買い、須王へ蟄居《ちっきょ》を命じられた。原因は公《おおやけ》にされなかったが、さる女性を巡《めぐ》って畏《おそ》れおおくも御門と対立したとの噂《うわさ》が、宮中ではまことしやかに囁《ささや》かれた。

宣親の一子、真佐智は都に一人残され、父の帰りをひたすらに待った。

しかし御門の怒りが収まる気配がないままに、月日は流れ――三年。

今年も宣親不在の春が巡り、真佐智も同様の日々を過ごすのだろう。周囲の者も本人もそう思っていたが、この年、運命が動いた。

真佐智は都を離《はな》れ、国護大神《くにまもりのおおかみ》を祭る斎宮《さいぐう》がある、伊那《いな》の地へと赴《おもむ》くことになる。

一年後空位になる予定の、美味宮《うましのみや》となるために。

一帖　春三年　咲かぬ都の蕾

一

斎王《さいおう》が住まう斎宮寮《さいぐうりょう》の寝殿には、樹林を思わせる爽《さわ》やかな香《こう》が焚《た》かれていた。息をすると、胸の奥から体の中へ清々《すがすが》しいものが通り抜《ぬ》ける。それは香のせいばかりではなく、御簾《みす》の向こうに座る、和国《わこく》において最高位の聖職者——斎王の存在がこの場の気を清《せい》浄《じょう》にし、引き締《し》めているのだと真佐智は感じた。

（あれが、斎宮様）

御簾の前。南の廂《ひさし》にひれ伏した真佐智は、御簾越《ご》しに自分を見つめているはずの斎王の気配に圧倒《あっとう》され、指先までぴんと伸《の》ばして硬《かた》くなっていた。

世界の東の大陸は、崑国《こんこく》と呼ばれる大帝国《だいていこく》に支配されていた。さらにその東の海上に、崑国に寄り添《そ》うようにあるのが小さな島国、和国である。

和国は崑国を宗主《そうしゅ》国と仰《あお》いでいたが、当然ながら言葉も文化も異なり、信奉《しんぽう》する神も独自のもの。和国には八百万《やおよろず》と数えられる、多くの神々が存在する。その中で最も尊く強い力を持つのが国護大神。和国の統治者である御門は国護大神を千年も昔から信奉し、手篤《てあつ》く敬い祭るために、特別な神宮《かむみや》である斎宮を造り、国の平安を祈《いの》る。

斎宮に、御門の代理として仕える女性が斎王だ。斎王のことは斎宮と呼び習わす。

現在の斎王は、真佐智の父・一条東宣親の異母妹《いぼまい》である皇女、紫子《ゆかりこ》である。

真佐智にとっては叔母《おば》にあたるが、血のつながりの親しさは感じられない。そこにいるのは、国護大神の最も近くに仕える者。人の世とは別の、一段高い場所に座っているように思えた。

指をつく床板《ゆかいた》の磨《みが》かれた滑《なめ》らかさや、白木の柱の美しさ。真新しく、竹の香《かお》りが強い御簾の目の細やかさ。斎王の周囲には、古びたものが一つもない。

神々は古びることがないという常若《とこわか》の思想が、斎王の住居にも行き届いている。華美《かび》ではないが、常に気を配り整えられている緊張感《きんちょうかん》がみなぎっていた。

「一条東宣親の子、真佐智です。崑国へお輿入《こしい》れする予定の当代美味宮に代わり、一年後に美味宮となるようにとの、御門の命により参りました」

口上を述べると、暫《しば》しの沈黙《ちんもく》の後、やや低めの落ち着いた斎王の声が命じた。

「面《おもて》をあげよ」

真佐智は顔をあげた。こちらから暗い御簾の向こうは見えないが、光の当たる彼の姿は斎王には見えているはずであった。「ほぉ」と、斎王が珍《めずら》しそうな声を出す。

「御門のご配慮《はいりょ》も、なかなかですねぇ。なんとも見栄《みば》えの良い子を選んでくださったみたいで」

廂の端《はし》に控えていた若い男が砕《くだ》けた調子で、御簾越しに斎王へ声をかけた。

ふん、と斎王が鼻で笑う。

「確かに。稚児《ちご》姿だからなおのこと、小娘《こむすめ》のようね」

垂髪《すいはつ》に、白地の童水干《わらわ》を身につけた真佐智は十四歳。そろそろ元服すべき年齢《ねんれい》で、普通《ふつう》であれば稚児姿にも違和感《いわかん》が出てくるのだが、彼に限ってはそれがない。体つきが華奢《きゃしゃ》で小柄《こがら》なこともあるが、目鼻立ちが整いすぎているせいで、男臭《くさ》さがない。ことに目が大きく、くっきりとした二重《ふたえ》まぶたなので、そこが一層少女のようなのだ。

斎王の気配に畏縮《いしゅく》してはいたが、むっとした。真佐智の容姿は度々《たびたび》、少女のようだと評されるが、それは子どもっぽいと言われているのと同じ気がして、嬉《うれ》しいことではない。

「女の子では、ありません」

思わず口に出したあと、しまったと思った。容姿についてあれこれ言われると、ついむきになる癖《くせ》がある。しかしこれは、口答えしたととられかねない。

(望みを果たすまでは、従順に素直に、振る舞《ま》うべきなのに)

一瞬《いっしゅん》流れた沈黙にひやっとしたが、すぐに御簾の向こうから笑い声があがった。

「そのようなこと知っているわ。しかし女呼ばわりしたことで、おまえの誇《ほこ》りが傷ついたのなら、わたしが悪い。ただおまえの顔が、可愛《かわい》いのは事実」

笑いを収めた斎王が、一旦《いったん》言葉を切った。こちらに注意深く視線を注いでいるのを感じる。

今ようやくまともに真佐智と向き合い、観察を始めたようだった。

「なるほど。言いたいことを言える口があるのは、好ましい。それは気にしない。ただしかし、おまえが心に抱く決意だけは――不遜《ふそん》」

真佐智はびくっとして、御簾の向こうを見つめた。

(不遜？　まさか斎宮様は、何もかも見通されているのか？)

少し、怖《こわ》い気もした。不遜と呼ばれてしかるべき心当たりが、真佐智にはある。

「冬嗣《ふゆつぐ》。そこの美味宮候補、おまえに任せる。一年後、美味宮として務められるように仕込め」

斎王が命じる声に、控えていた若い男が「承知いたしました」と頭を下げた。

衣擦《きぬず》れの音がし、斎王が座を立ったのがわかった。真佐智が再びひれ伏すと、冬嗣と呼ばれた彼が座を立ち、すっと寄ってきた。

「顔をあげていいぞ。長旅の後、すぐに斎宮様へのお目通りは疲《つか》れただろう？」

朗《ほが》らかな声に促《うなが》され顔をあげると、明るい瞳《ひとみ》が正面にある。

「小宮司《しょうぐうじ》を務めている正親町《おおぎまち》冬嗣だ。君の世話役を任じられた。と、いうことで。よろしくな。仲良くやろう」

「ありがとうございます。小宮司」

しゃちほこばって頭を下げると、彼、冬嗣は茶目っ気たっぷりに、おどけた笑顔《えがお》を見せる。

「俺のことは冬嗣と呼べばいいさ。ここは宮中じゃない。神と斎宮様の前以外では、気楽にしていいぞ。まあ、とりあえず。君がこれから生活する場所へ案内する。ついておいで」

「はい、冬嗣様」

「うん。『様』もいらないな。ただ、冬嗣でいいぞ。俺も君のことは、真佐智と呼ぶ」

人を本名で呼ぶのは通常は無礼とされ、ことに上位や目上の人に対しては絶対に許されない。許されるのは主《あるじ》が従者を呼ぶときくらいだが、それでも、できるならば避《さ》ける。都では庶民《しょみん》にまでその気風が浸透《しんとう》しているのだが、どうやらここでは違《ちが》うらしい。

さすがに上位の人に本名で呼びかけることはないだろうが、それ以外は許されるということ。

「はい……冬嗣」

家人でもない目上の人を呼び捨てるのに慣れず、ぎこちなく答えた。冬嗣は、それでいいよと言うように、にっと笑う。「おいで」と言って歩き出す彼に、真佐智はついて行く。

渡殿《わたどの》まで来たとき、ついと視線を遠くへ向けると、青々と連なる山がくっきりと見えた。山の近さに、ここが都ではないのだと実感する。

（ここでわたしは――美味宮にならなければ）

それが決まったのは、わずか十日前だった。

父、一条東宣親が御門《みかど》の怒《いか》りを買い須王へ流され、早三年。この春で四年目に入る。

この春も御門のお許しが下りる気配はなく、父が須王から送ってくる文《ふみ》も途切《とぎ》れた。ここ一年半は一度も文が届かず、父が今何をして何を思っているのかは、わからない。

しかしそれを、寂《さび》しいとか薄情《はくじょう》だとか、気にしている余裕《よゆう》はなかった。日々の生活が、立ちゆかなくなっていたからだ。

当初は、父から幾《いく》ばくか金も送られてきていたが、それは一年も経《た》たないうちになくなった。道具類を売り食いつないでいたが、それらも底をつきかけていた。

家人は一人減り、二人減りして、残ったのは乳母《うば》のみ。

後見人を得て元服し、後見の口利《くちき》きで宮中に職を得なければ、早晩食べるものさえなくなるのは目に見えていた。

貴族の男子は早ければ十一、二歳、遅《おそ》くとも十五、六歳で元服する。

真佐智は十四歳。元服するのに丁度良い年頃《としごろ》。しかし元服の儀式《ぎしき》をする予定はなかったし、後見になってくれる人のあてもなかった。宣親への御門のお怒りがとけていないために、誰《だれ》もが御門に遠慮《えんりょ》し、その子の真佐智を敬遠するのは当然だった。

乳母と二人、どうやって生きていけば良いのか——。

雑草の生《お》い茂《しげ》る荒《あ》れ放題《ほうだい》の庭を眺《なが》めながら、焦《あせ》り悩《なや》んでいたある日、突然《とつぜん》、祭主から呼び出された。祭主は国護大神《くにまもりのおおかみ》を祭る斎宮において、別格の斎王を除いた中では、最も位の高い神職。そのような権威《けんい》ある人物に呼び出される理由がわからず、驚《おどろ》きつつも対面した。

祭主は真佐智に対面すると、挨拶《あいさつ》もそこそこに、

「美味宮《うましのみや》になっては、もらえまいか。これは御門もご承知のことだ」

と、告げた。

美味宮とは、斎王《さいおう》に仕え、神と斎王の御食《みけ》を料理する役目を負う聖職。美味宮と呼ばれる宮に住み、日々の禊《みそ》ぎと御食の調理が務めだ。

この勤めは十年前まで、百年もの間空位だった。十年前に、先帝《せんてい》の九番目の皇女がその勤めについたが、その人が一年後、崑国後宮へ入ることになったため、また空位になるという。

斎宮寮《さいぐうりよう》からは、美味宮を継《つ》ぐべき候補の者を、伊那の地へ送って欲しいと要請《ようせい》があったらしい。真佐智に、その候補となれということだ。そして一年後、美味宮になれ、と。

(御門は、父君の子であるわたしが目障《めざわ》りなんだ。だから都から、遠ざけたくて)

そうとしか思えなかった。「御門もご承知」という祭主の言葉から、「おまえは、父のように逆らうのか？ それとも従うのか？」と、御門から直接訊《き》かれているような気がした。

ただそのとき真佐智は、咄嗟《とつさ》に計算を働かせたのだ。

もしやこれは幸運かもしれない、と。

一年後美味宮になるとすれば、そのときは必ず元服する。その際の後見人は、真佐智の推薦《すいせん》人《にん》である祭主となるのが常。

祭主は、斎宮の中で最上位官である。しかも伊那の地に常駐《じようちゆう》することのない、中央官。その人を後見人として元服できるのは、大きな魅力《みりよく》だ。

立派な後見人を得て元服し、数年間、美味宮として務める。その務めぶりで祭主の覚えがめでたくなれば、美味宮を退き、宮中の末席にでも職を得ることは可能だろう。

（父君の罪で閉じられていた未来が、思わぬところから開ける）

その場で「諾《だく》」と答え、すぐに財産を処分し、乳母にそれらを与《あた》えて都を離《はな》れた。

数日かけて、今日やっと斎宮寮に到着《とうちゃく》した。

要するに真佐智は、生涯《しょうがい》を伊那の地で過ごす決意をして来たのではないのだ。美味宮になるのは、元服して官職を得るための、いわば足がかり。

乳母は譲《ゆず》られた財産を持って甥《おい》の屋敷《やしき》へ身を寄せると言っていたが、いつか真佐智が元服して屋敷を構えたあかつきには、必ず呼び戻《もど》してくれと泣いた。乳母は産んだ子をすぐに亡《な》くした後に、真佐智の乳母となった人だ。そのため真佐智を、我が子のように慈《いつく》しんでくれた。真佐智は「必ず呼び戻すから、待っていて」と慰《なぐさ》め、約束した。

真佐智の母は彼のお産で命を落としたために、彼も乳母のことは、母代わりに慕《した》っていた。

家人たちが次々去っても、最後まで真佐智とともにいてくれた乳母の真心に、報《むく》いたい。いずれ中央で官職を得て屋敷を構え、乳母を呼び戻し、そこで静かに暮らす。そして父の流罪《るざい》で軽《かろ》んじられ続けて失った自らの誇りを、官職を得て出世することで取り戻したいのだ。

（けれどそれを、斎宮様に見抜《みぬ》かれたのか？）

不安なのは、斎王が真佐智に向かって放った「不遜」の一言。斎王はもしや、「美味宮という聖職を、出世の手づるにするのか」と、真佐智を責めたのではないか。

ただ、不遜は百も承知だ。

口元を引き締《し》め、視線をあげる。不遜のそしりをあえて受けようと思うのは、ひたすら不安とともに父の帰りを待っていたときと比べれば、希望があるだけ心が明るいから。それを斎王に見透《みす》かされ、不遜と言われたのだとしても、構わない。

冬嗣に連れられて、斎王の住まう屋敷を出た。

国護大神を祭る斎宮は、深い森におおわれた神宮《かむみや》である。その神宮に仕える斎王や神職たちは、普段《ふだん》は神宮から離れた場所で生活する。それが斎宮寮だ。

真佐智が今いるのが、その斎宮寮。

斎宮寮の周囲は連なる山に囲まれている。土地は多少の起伏《きふく》がありながらも、ほぼ平坦《へいたん》で田圃《たんぼ》と森が広がっていた。見渡《みわた》す限《かぎ》り田舎《いなか》の風景の中に、突如《とつじょ》として斎宮寮は出現する。白木の柱と檜皮《ひわだ》の屋根を持つ建物群が整然と並び、それらが白板塀《いたべい》で囲われている。白板塀の左右を見てもその端《はし》が見えない。奥行きとなると、何処《どこ》まで続いているかわからない。

都ほど巨大《きょだい》ではないにしても、都のひと区画をそのまま巨大な手で持ち上げ、長閑《のどか》な田舎の平野に投げこんだようなものだ。

斎王の住まう神殿《しんでん》がある御座所《おましどころ》は、内院と呼ばれる斎宮寮の北の端。そこを出ると南側に神職が詰《つ》める中院。さらに南へ向かうと外院がある。外院には斎宮十二司《じゅうにし》と呼ばれる、斎宮を運営する人々が働く建物群が並んでいた。

この斎宮寮に暮らす者は五百人程《ほど》と聞く。冬嗣について中院から、外院へと歩いていると、幾人もの人とすれ違う。

「ところで、真佐智。君、厨《くりや》に立ったことはあるか？　料理をしたことは？」

先を行く冬嗣が背中越《ご》しに訊いてきた。真佐智は自分の歩みが遅《おく》れがちなことに気がつき、慌《あわ》てて彼と並ぶ。彼は背が高い。神職に似つかわしくなく、肩《かた》や腕《うで》が逞《たくま》しいのが衣《きぬ》の上からでもわかる。しかし表情は柔和《にゅうわ》で目には陽気な輝《かがや》きがあるから、親しみやすい。

「どちらも、ありません」

「まあ、貴族の子弟《してい》なら当然だな」

「当然ということは、やはり美味宮が御食を準備するというのは建前で、実際に御食を料理するのは別の者なんですね？」

美味宮の務めについては、祭主から聞かされた。しかし真佐智のような、料理の心得が皆無《かいむ》の者が命じられる役目となれば、美味宮は、ただのお飾《かざ》りなのだろうと推測していた。誰かが作った御食を、神や斎王の前に上げ下げするだけの役目ではないか、と。

冬嗣が苦笑いする。

「おいおい。貴族の子弟なら料理ができなくて当然とは言ったが、そのままで良いとは言ってないぞ。君はこの一年で、神と斎宮様に食していただくに値《あたい》する御食を作れるようになるため、修業《しゅぎょう》するんだ。現在の美味宮も、ここにいらしたときはまだ七つだったが、修業された」

「本当に、わたしが作るんですか？」

目を丸くすると、冬嗣は悪戯小僧《いたずらこぞう》のように、にやっとした。

「そう。君が美味宮となったときには、料理ができないと困るわけだ。そこで最低半年は修業のため、炊部司《かしべつかさ》に勤めてもらう。基本的なことを学んでから、美味宮に教えを請《こ》うべきだ。美味宮は崑国に渡《わた》られる準備で、常の務めの他《ほか》にも、崑国の風習や崑語《こんご》も学ばれているんだ。多忙《たぼう》だから、基本まで君に仕込めない」

崑国に渡るという美味宮は、斎王の異母妹《いぼまい》。崑国のような大帝国《だいていこく》の後宮へ送られるのだから、さぞかし洗練された、優《すぐ》れた美女なのだろう。

ただいくら美女だろうが、美味宮が誰もが認める重職であれば、崑国へ送られはしない。

(要するに美味宮は、その程度のお務めということ)

美味宮という務めに対して都人が抱《いだ》く印象は、「あってもなくても困らないお役目」だ。

真佐智の口元に、密《ひそ》かに笑《え》みが浮《う》かぶ。

だからこそ、利用できると踏《ふ》んだのだ。何かのはずみで簡単に退くことが可能な務めであれば、出世の足がかりにうってつけだ。

「君もいきなり炊部司に入るのは、不安だろう。そこで優《やさ》しい俺は気をきかせて、友だちを用意した」

「友だちですか？」

問い返した声に、微《かす》かに嘲笑《ちょうしょう》めいた響《ひび》きが滲《にじ》む。

真佐智には兄妹《きょうだい》も乳兄弟《ちきょうだい》もいなかったし、この三年は誰《だれ》からも避《さ》けられていたので、年の近い者と話す機会すらなかった。友と言われて思い浮かぶのは、父が歌人として人々の羨望《せんぼう》を集めていた頃《ころ》、屋敷を訪ねて来た父の友人たちの姿だけ。釣殿《つりどの》で友と語らう父が、笑い崩《くず》れて友の肩に手をかけていた親しげな様子を、羨《うらや》ましいと思って見つめていた。

しかし父が須王に流されると、友人とやらは冷淡《れいたん》だった。そのことに最初は、いちいち傷ついたが、すぐに慣れた。

利用価値があるうちだけ、お互《たが》い友人と言っていられる。そんなものだと、悟《さと》った。

利用されるなら、こちらも相手を利用すれば良いだけ。そうすれば傷つかなくてすむし、うまく目的を達成できる。それが世の中なのだろう。

「ありがとうございます。楽しみです」

笑顔を作った。互いを利用するならば、まず相手に、真佐智は利用価値があると思わせないといけない。そのためには親しみやすさが必要。どうせ、用意された友だちとやらも、最初はこうやって作り笑顔で、上辺の親しさを演じてくるはず。

一年間修業が必要ならその間は、周囲との諍《いさか》いを避け淡々《たんたん》と過ごすのが得策。そのために笑顔は、最も有効な方便だ。

冬嗣は、真佐智の笑顔を見て不思議そうな顔をしたが、すぐに納得《なっとく》したように頷《うなず》く。

「うん、そうだねぇ。楽しみにしておいで」

板塀で区切られた十二司が並ぶ通路を突《つ》っ切り、斎宮寮《さいぐうりょう》の東の区画にさしかかっていた。

炊部司であろうと思われる白板塀の出入り口に、直垂《ひたたれ》姿の少年がいた。彼は腕組《うでぐ》みして板塀の門柱に寄りかかり、見るともなしに空を見上げている。その少年の姿を見つけると、冬嗣は「おっ。言いつけを守ったな」と嬉《うれ》しそうに呟《つぶや》き、続けて真佐智の耳に囁《ささや》く。

「彼が、その友だちだ」

二

冬嗣が近づくと、少年の方も気がついたらしい。柱から背を離し、こちらを見た。

「待たせたな、奈津《なつ》。連れてきたぞ。彼が美味宮《うましのみや》候補の、真佐智だ」

真佐智よりも一つ二つ年上に見える少年、奈津は、真佐智よりも頭半分背が高い。七分の袖《そで》から出ている腕にはくっきりと筋肉の筋が浮き、いかにも強そうだった。何よりも引き締まった口元と切れ長の目が、大人びている。

奈津は、こちらが怯《ひる》むほど真っ直《す》ぐ真佐智を見た。

「真佐智。彼は奈津だ。炊部司の炊部《かしべ》を務めて、十人ばかりを配下として使っている。君は今日から、彼と一緒《いっしょ》に炊部司に勤めなさい。何をするかは奈津が教えてくれる」

冬嗣に背を押され、真佐智は奈津の前に進み出る。

「よろしく。真佐智です」

方便の笑顔を最大限に発揮し、名乗った。が、奈津は表情を変えない。何度か瞬《まばた》きして相手の反応を待ったが、反応らしきものはない。

奈津はしばらく真佐智を見つめていたが、ふいっと視線を外し、冬嗣に頭を下げた。

「承《うけたまわ》りました、小宮司《しょうぐうじ》」

真佐智の存在は、完璧《かんぺき》に素通《すどお》りで無視された。奈津は、相手が名乗ったら名乗り返す礼儀《れいぎ》を知らないのだろうか。「名を」と促《うなが》そうとしたら、彼は、わざと遮《さえぎ》るように冬嗣に問う。

「小宮司。この後は、俺が引き受けて自由にすれば良いんですよね？」

真佐智は驚《おどろ》いた。

(意識して、わたしを無視してるのか)

冬嗣は奈津の態度を別段気にした様子もなく、ひらひら手を振《ふ》る。

「うん。頼《たの》むよ。じゃあね、真佐智。しっかり勤めろ」

そう言ってきびすを返す冬嗣に、真佐智は慌てた。

「冬嗣！　行っちゃうんですか!?」

「君の面倒《めんどう》は、奈津が見てくれる。奈津に従ってればいいから。まあ、何か困ったことがあったら相談に来ればいい。俺は中院の主神司《かんつかさ》にいるから」

にこやかに告げ、行ってしまう。冬嗣は奈津の、冷淡な態度に気がついていないのか。それとも気がついているが、そこは自分で対処しろということなのか。

背中に痛いほど奈津の視線を感じ、振り返った。奈津は腕組みして、値踏《ねぶ》みするように真佐智を見ている。何を言っていいかわからず、とりあえず再度名乗る。

「あの……真佐智です」

「さっき聞いたから知ってる。俺の名は、小宮司が言ったから二度も言わない。おまえが、明日から毎日立つ厨に案内してやる。来いよ」

顎《あご》をしゃくって、奈津はすたすた歩き出す。余りに素っ気ない。彼の背を追ったが、隣《となり》に並ぶのは躊躇《ためら》われて、半歩後ろをついて行った。

前を向いて歩く奈津の肩や背は、大人の男になりかけの、硬《かた》い強さがみなぎっている。

（なんだろう、この態度。まさか、名乗っただけで嫌《きら》われる、ということもないだろう。都人と違《ちが》って斎宮寮の人は、あまり笑ったりしないのか？）

これから最低半年、嫌《いや》でも奈津とは顔をつきあわせていく。友好的な関係を築く努力が必要だろうと、彼の背に声をかけた。

「君のこと、奈津って呼んでいい？」

しかし返事はないし、振り向きもしない。

どうやら奈津は真佐智と違い、上辺だけでも友好的に振る舞《ま》う気がないらしい。こちらも実は、友だちになりたいわけでも、親しくなりたいわけでもないから、同じような態度に出たいのはやまやま。しかしそれでは、修業《しゅぎょう》に支障が出るはず。言葉を重ねる。

「年は幾《いく》つ？　わたしは十四だけど、わたしより少し上？　いつから炊部司に勤めてるの？」

早足で歩きながら、奈津がようやく振り向く。その目は、冷ややかだ。

「見た目通り、女みたいによくしゃべるな。おまえ」

なるべく冷静に対処しようとしていたが、これにはかちんときた。

「わたしは女じゃない。しかも女みたいにと言うのは、女の人にも失礼だ。無口な女も、おしゃべりな男も、大勢いる」

「女とは言ってない。女みたい、と言ったんだ。しかも女に失礼だって言うなら、言い直す。おまえは、おしゃべりな部類の女みたいに、よくしゃべるな」

「なんで、わざわざ『女みたいに』ってつける」

「そう思ったから、言っただけだ」

いよいよ嫌な感じになってくる。真佐智の忍耐《にんたい》も、綻《ほころ》ぶ。

「いきなりその態度はないだろう？　会ったばかりなんだから、少しは笑ってみたらどう？」

「よく知らない相手に、へらへら笑えない。都人は、知らない相手にへつらうように、へらへらするのが普通《ふつう》か？」

（こいつ！）

拳《こぶし》を固め、怒《いか》りを堪《こら》える。

（駄目《だめ》だ。冷静に対処しろ。こいつはきっと、愛想笑《あいそわら》いもできない偏屈《へんくつ》なんだ）

深呼吸し、自分を宥《なだ》めた。奈津は、真佐智の知る種類の人々とは随分《ずいぶん》勝手が違う。しかし彼と喧嘩《けんか》でもして、美味宮候補失格と見なされてしまったら、真佐智は行き場を失う。

奈津は建物の間をすいすいと抜《ぬ》け、真佐智を厨《くりや》へと連れてきた。

厨に床《ゆか》はなく、土を突き固めた土間に、井戸《いど》、竈《かまど》、洗い場が造られていた。

午後の遅《おそ》い時間だったので、夕餉《ゆうげ》を準備している最中らしく、厨には十人ばかりが立ち働いていた。彼らは奈津と真佐智が入ってきたことに気がついたようだが、ちらっとこちらを見ただけで、動きによどみはない。

爆《は》ぜる薪《まき》の音と、菜を刻む包丁の音が厨には響いていた。働く者たちは無駄口《むだぐち》を叩《たた》かず、自らの役目を知りそれに徹《てっ》する働《はたら》き蟻《あり》のように、てきぱきと動いていた。

「美味宮が、神と斎宮《さいぐう》様のために朝の御食《みけ》を用意する。炊部司はそれ以外、要するに斎宮様の夕餉を作る。美味宮が召《め》し上がる朝餉《あさげ》と夕餉も、炊部司が用意する。今は、斎宮様と美味宮の夕餉を準備している最中だ。おまえは俺たちと働いて、料理の基本を習い覚えるんだ。いくら覚えが早くても、基本をひととおり覚えるだけで最低半年かかるぞ」

戸口で立ち止まった奈津が、真佐智に顔を向けることなく説明する。

神に捧《ささ》げる御食は一日一度。朝に準備されるそれを祭壇《さいだん》に捧げ、斎王《さいおう》の祈《いの》りが終わった後、御食はそのまま斎王の朝餉となる。その御食を作るのが美味宮の役目だ。

和国での食事は通常、朝餉と夕餉のみ。昼間に菓子《かし》をつまむことはあるが、特にそれを必要としない程度に、朝餉はたっぷり食す。

（斎宮様の夕餉と、美味宮の朝餉と夕餉？　斎宮様の夕餉は当然として、なぜ美味宮の分まで？）

真佐智は初めて目にする厨の様子が珍《めずら》しく、働く者たちの動きをせわしなく目で追っていたが、奈津の説明を聞いて不思議に思う。

「美味宮は料理をするのが役目だろう？　自分の食べるものくらいは、料理できるはずなのに、なんで炊部司が？」

「何を言ってるんだ、おまえ」

奈津の目に呆《あき》れたような色が浮《う》かび、それから忌々《いまいま》しげに吐《は》き出す。

「祭主め。どういうつもりで、美味宮がなんたるかも知らない奴《やつ》を候補にしたんだ」

血の気が引く。どうやら自分は、馬鹿《ばか》なことを質問したらしい。

立ち働いていた者たちの視線が、真佐智に集まる。

薪が燃える乾《かわ》いたにおいを、強く感じる。奈津が不機嫌《ふきげん》そうな顔のまま腕組《うでぐ》みし、ようやく真佐智を真っ正面から見た。真佐智は、彼の視線を受けとめようと腹に力をこめた。

「おまえ、本当に美味宮になるつもりで来たのか？」

「そのために、都を離《はな》れたんだ。屋敷《やしき》も財産も全部処分して来た。帰る場所はない」

「なぜ、美味宮になりたいんだ」

「それは……」

言葉に詰《つ》まった。美味宮になる決意をしているのは確かだが、本当の意味で、美味宮になるつもりはない。乳母《うば》の苦労に報《むく》い、父の罪によって軽《かろ》んじられ続け、傷ついた自分の誇《ほこ》りを取り戻《もど》したいのだ。美味宮を足がかりとして、出世したいだけなのだ。

そう告げれば、奈津を含《ふく》めたこの場にいる全員が、斎王と同じく「不遜《ふそん》」と言うだろう。

どう答えるべきか迷っていると、奈津が冷えた声で言う。

「別に、理由はなんでも構わない。想像はついてる。美味宮になることに、別の餌《えさ》がくっついているんだろうな。おまえの身の上は、斎宮寮にも聞こえてる」

「なんだよ、身の上って」

「父君が御門《みかど》の怒りを買い、須王に流されて三年。元服すらままならず、祭主の計らいで美味宮候補になった。違うか?」

(また、父君か!)

かっとした。真佐智はここ一年余り、父と自分を切り離したくて苛立《いらだ》っていた。

(文《ふみ》一つ送ってくれない父君など、いらない。わたしは、自分で道を切り拓《ひら》きたいのに)

父も困窮《こんきゅう》しているのだろうから、金を送ってくれなくなったのは致《いた》し方ない。

しかしなぜ、文すら送ってくれなくなったのか。文が途切《とぎ》れて一年半、寂《さび》しさを飼い慣らすように理由を考え続けていた。しかしそれを過ぎると、理由を考えるのすら止《や》めてしまった。心の中にあった恋《こい》しさ、哀《かな》しさ、侘《わび》しさという名の生き物が、飼い慣らそうと撫《な》で回し続けたせいで疲労《ひろう》し、息を引き取って、虚《むな》しく消えたかのようだった。

後に残ったのは父に対する、冷ややかな分析《ぶんせき》だけ。父が何の罪を得て流罪《るざい》に処せられたのか知らないが、御門の怒りを買ったことそのものが、迂闊《うかつ》だと思うようになった。

(宮中一の歌人などと呼ばれ、良い気になっていたのだろう。もしくは誰《だれ》かに、足元をすくわれたか。どちらにしても、わたしは父君のようには、なりたくない)

巡《めぐ》ってきたこの機会を上手《うま》く利用するため、伊那の地まで来た。財産も屋敷も処分して、もう戻る場所がない。とにかく何事もそつなくやりおおせ、美味宮になる以外にない。

それなのに、またここでも父が持ち出される。

「それがなんだ。父君が流罪で、わたしが元服できないままで、それが悪いか。わたしと父君は関係ない。わたしは、あんな人と一緒《いっしょ》にされたくない。あの人の子であろうが、わたしはあの人とは別だ」

感情を抑《おさ》えようとしたが、わずかに声が高くなった。父を引き合いに出されることが、忌々しくてたまらない。どこまで父の存在が、真佐智の邪魔《じゃま》をするのだろうか、と。

「別に責めてるんじゃない。ただどんな理由にしろ、おまえが美味宮になると決めてここに来たのなら、美味宮《うましのみや》としてきちんと務めるべきだと言っておきたい。俺たち炊部司は、美味宮の食す料理を作る。どうしてかって、さっき、おまえ訊《き》いたよな？」

表情を変えず、冷静に奈津は続ける。

「美味宮は料理をするが、それは神と斎宮様のためだけの技《わざ》であって、自分に使ってはならないからだ。ただひたすらに神と斎宮様のために務める美味宮を支えるのが、炊部司だ」

淡々《たんたん》とした声が静かなぶんだけ、余計に真佐智をむかむかさせた。身の上をどうのこうのと言ったあげく、説教するかのような彼の態度が気に入らない。

「役目を全《まっと》うできるように、美味宮を充足《じゅうそく》させることを俺たちは考える。自分たちが支える美味宮が、いい加減な者に代わるのだけは我慢《がまん》ならない。それだけだ」

奈津は真佐智に背を向けると「そこで、見てろ」と言い、自分は立ち働く者たちの中へと交じって、料理に取りかかった。

（いい加減と、なぜ決めつける。わたしの望みは元服して都で官職を得ることだけど、美味宮になって務める間は、手を抜こうとは思わない）

しかし奈津が言ったのは、手を抜くとか抜かないとかではなく、もっと別の意味のような気がした。実際真佐智には、奈津の真意はくみ取れなかったが、何もわかっていないと言いたげな、余裕《よゆう》のある奈津の態度に腹が立つ。

奈津の真意はくみ取れないまでも、真佐智は何もわかっていないわけではない。よくわかっている。美味宮とは簡単に退ける務めで、自分はその程度の務めを得るために、遠い伊那の地まで来た。そんな務めでも得られなければ、帰る屋敷もなく路頭に迷う、と。

何もかも、はっきりわかっているのだ。

(わたしは、父君のようにはなりたくない。ここで上手く、立ち回らなければ)

忙《いそが》しく働く奈津の背を睨《にら》む。

竈から米が炊《た》けた香《かお》りが立つ。白磁に盛られた飯と数種の菜が準備される。そこへ美味宮に夕餉《ゆうげ》を運ぶ神職見習いの宮掌《くじよう》と、斎王へと運ぶ女孺《めのわらわ》が呼ばれ、彼らが膳《ぜん》を運び去った。

「熱っ!」

顔に吹《ふ》きつけてきた熱風を両掌《てのひら》で遮《さえぎ》ったが、真佐智は悲鳴をあげて尻餅《しりもち》をついた。すかさず奈津の怒声《どせい》が飛び、襟首《えりくび》を引きずられた。

「この馬鹿野郎《ばかやろう》!　火から離れろ!」

目の前にある竈の中は、真っ赤に燃えて、低く唸《うな》るような音を響《ひび》かせている。呆然《ぼうぜん》とへたりこむ真佐智の手首を、奈津は乱暴に握《にぎ》った。

「掌、外の井戸《いど》で冷やせ。火ぶくれになる。行け」

有無《うむ》を言わさぬ口調に逆らうこともできず、厨の外へ出た。そもそも逆らおうにも、逆らえない。奈津の命令通りにしなければ、熱風にあぶられた両掌が大変なことになる。

厨《くりや》の外の井戸から桶《おけ》に水をくみ、井戸の傍《かたわ》らにしゃがみ込んで両掌をつけた。

冷たい水に浸《ひた》すと、じんじんしていた痛みが引く。

美味宮になるために、斎宮寮《さいぐうりよう》の炊部司に放《ほう》りこまれ三日目。この三日、竈の火を見守れと命じられていた。

「火の番？　なんで？　わたしは料理の修業《しゆぎよう》をしろと言われて炊部司に来たんだ」

火の番を命じられた初日はそう言って反発したが、奈津は「火の番をしろ」の一点張りで、とりつくしまがなかった。

途方《とほう》に暮れながら、今日の朝も竈の前に座っていたのだ。

真佐智は、蠟燭《ろうそく》の火以上に大きな火を見たことがなかった。竈の中で赤々と燃え、躍《おど》り、跳《は》ねる炎《ほのお》は、ぼんやりと見つめていると意識を吸い込まれそうになる。

今朝はくべる薪《まき》が多かったのか、いやに火の勢いが強かった。

誰かがそれに気がつき、竈の近くにいた真佐智に向かって、「薪を一本抜《ぬ》け」と命じた。ぼうっとしていた真佐智は慌《あわ》て、何も考えずに、竈の端《はし》から突《つ》き出ている薪を引っこ抜いたのだ。

それによって内部の薪の均衡《きんこう》が崩《くず》れ、どっと竈から熱風と炎が吹き出した。

あのとき奈津が襟首を摑《つか》んで引きずってくれなかったら、頰《ほお》に火ぶくれができていただろう。

（奈津は「責めてるんじゃない」と言ったけど、やっぱり、わたしのような考えの奴《やつ》が美味宮

になるのは面白《おもしろ》くないだろうな。だから料理を教えようとしないんだ)

美味宮になるためには、これからずっと、竈の前で座っているわけにはいかない。

(教えてくれないなら、自分の力だけで習得するしかない)

そう思うのだが、これが簡単ではなさそうだった。奈津たちは刃物《はもの》を使い、様々な手順を重ねて料理を作るが、それを横目で見ていても、何をしているのか、さっぱりわからない。

今まで何気なく口にしていた料理は、目の前にぽんと出されるだけのものだった。作るのには人の手が必要だと知ってはいても、感覚的には、さらさらと文を書くのと同じ程度の手間としか想像できていなかった。

しかし実際料理とは複雑で、丹念《たんねん》さと手間が必要なものらしい。

ずっと幼かった頃《ころ》、牛車《ぎっしゃ》を仕立て、父と一緒に北山《きたやま》へ桜見物に出かけたことがある。初めて都の外に出る真佐智は、大はしゃぎだった。

北山の山桜の下で、塗《ぬ》りの箱に詰《つ》められた、酢飯《すめし》の小さな握りを食べた。それらは幼い真佐智の掌《の》にちょうど載る程度で、まん丸で、鮮《あざ》やかな緑の細切りの絹莢《きぬさや》や、薄焼《うすや》きにして作った卵の紐《ひも》、甘い桜色の海老《えび》粉で、鞠《まり》のように装飾《そうしょく》されていた。黒い塗りの箱に詰められている様子があまりに可愛《かわい》らしく、食べるのが躊躇《ためら》われる程《ほど》だった。

真佐智の手でそれを父の口に入れると、父はとろけるような笑顔《えがお》になった。

小さな鞠には胡麻《ごま》、青のり、紫蘇《しそ》と、幾《いく》つも違《ちが》った風味と味わいがあり、食べ飽《あ》きなかった。

揺《ゆ》れる花と父の笑顔と一緒に食べた小さな鞠の、甘酢《あまず》の香りと優《やさ》しい味わいが忘れられない。花の美しさと、その場の和《なご》やかな空気も一緒に食べたから、一層美味《おい》しかったのかもしれない。

あれは、どれほど手間をかけて作られたものなのだろうか。

そこまで考えたとき、父と食べたあの味をうっかり思い出している自分に気がつき、むかむかした。父の存在そのものにも、自分の現状にも腹が立つ。

腹が立つといえば、奈津と寝起《ねお》きの場所が同じなのも腹立たしい。

厨に近いひと棟《むね》には、厨で働く十人が住む。炊部の奈津も、彼らと同じ棟に住んでいる。まとめ役の炊部なので、奈津が寝るのはさすがに戸で仕切られた場所だ。しかし十人の気配も声も筒抜《つつぬ》け。そしてその奈津の寝所《しんじょ》に、真佐智も寝起きすることになっていたのだ。

真佐智は初日の夜からずっと、寝付《ねつ》きが悪い。

床《ゆか》に横たわると天井《てんじょう》の板目が見えるのだが、それは戸の隙間《すきま》から微《かす》かな蠟燭の灯《あか》りが漏《も》れているからだった。戸の向こうでは、何人かが博打《ばくち》を打っているようだ。からから賽《さい》を振《ふ》る音と、ひそひそ会話する声が聞こえる。しかも手を伸ばせば届く所に、奈津の床《とこ》がある。彼が少しでも寝返《ねがえ》りを打つと、その気配と音が、いちいち気になってしまう。

昨夜も寝付けないままに天井の板目を見つめていたら、こちらに背を向けていた奈津が、ふいに声をかけてきた。

「寝られないのか。賑《にぎ》やかな都に比べて、田舎《いなか》は寂《さび》しすぎるか」

嫌《いや》みたらしく訊かれたので、すこしむっとした。「ろくに仕事もさせない奴が、わたしに声をかけてくるな」と言い返したかったが、さすがにそれは拙《まず》いだろう。

「違う。逆だ。ここは賑やかで慣れない。屋敷《やしき》では、乳母《うば》と二人だけだったから」

奈津が寝返りを打ち、こちらを向く。仰臥《ぎょうが》した真佐智の横顔を見ているのはわかったが、彼の顔をまともに見るのが嫌で上を向いたままでいた。

するとまた、「寝ろ」と強く命じられたので、仕方なく目を閉じた。彼の言葉に従いながらも、高圧的な態度への不満が燻《くすぶ》った。

(冬嗣と寝起きできれば、まだ良かったのに)

けれど冬嗣も、どことなく軽々しくていい加減な男だ。斎王から真佐智を仕込めと命じられながら、結局、奈津に丸投げしているのだから。

「火傷《やけど》したの？」

頭の上に影《かげ》が差し、突然《とつぜん》、柔《やわ》らかな声が降ってきた。驚《おどろ》いて振り仰《あお》ぐと、仔犬《こいぬ》みたいに目がくりくりした十四、五歳の女の子が、心配そうな顔をして真佐智の手元を覗《のぞ》きこんでいた。

「……誰《だれ》？」

思わず問うと、少女は少年みたいにあけっぴろげな笑顔になる。梅垣《うめがき》をあしらった表着《うわぎ》の明るい色が、その清々《すがすが》しい表情に似合っていた。

「わたし？　斎宮寮の人たちは、頭《かみ》の小君《こきみ》と呼ぶけど」

（頭の？）

斎宮寮には神事を司《つかさど》る神職とは別に、斎宮《さいぐう》をつつがなく営むための官吏《かんり》がおり、その配下に十二司がある。十二司をまとめる上級官吏は四部官と呼ばれ、その筆頭が寮頭《りょうのかみ》。

この斎宮寮で「頭」といえば寮頭のことであり、要するにこの斎宮寮を実際に取り仕切る、最高責任者でもある。

（ということは、この子は）

気がついた途端《とたん》に、真佐智は桶から手を引き抜き、思わず立ちあがっていた。

「寮頭の姫君《ひめぎみ》!?」

三

「そうよ？　ねぇ、手を見せて」

真佐智の驚愕《きょうがく》をよそに、頭の小君は真佐智にずいと近寄って、彼の両手首を取った。

裳《も》着《ぎ》前であれ、寮頭の姫君ともあろう人が屋敷を離《はな》れ、一人遠歩きするとは、都では考えられないこと。

驚きで腰《こし》が引ける真佐智を意に介《かい》さず、掌《てのひら》に鼻先がくっつきそうなほどまじまじと見る。

「すこし赤くなってるけど、大丈夫《だいじょうぶ》みたい」と言うと、視線をあげる。

「火傷になりかけるなんて、ひどい。あなたよね？　美味宮《うましのみや》になるために、都から来た人は」

同年代に見えるが、はきはきとした口調と、躊躇ない振る舞《ま》いは、頼《たの》もしい姉のようだった。

「どうして知ってるんですか？」

「だって、あなたに会いに来たのだもの。父君から美味宮になる子が来ると聞いて、どんな子かなって興味はあったんだけど。侍女《じじょ》たちの噂話《うわさばなし》を聞いてたら、奈津の所にいるというじゃない。心配になって。ねぇ、奈津に意地悪されてない？　いいえ、それよりも炊部司に寝起きさせられているのこそ、おかしいわ」

頭の小君は真佐智のあつかいについて、憤慨《ふんがい》しているらしい。その目は真剣《しんけん》だ。

「心配してくださったんですか？　見ず知らずなのに。どうして」

嬉《うれ》しいよりも、驚いて困惑《こんわく》した。こんな親切な人が出現するとは、思ってもみなかった。

「ひどいあつかいを受けている人がいると聞いたら、あなただって心を痛めるでしょう？」

頭の小君は真佐智を勇気づけるように強く頷《うなず》き、語気を強める。

「大丈夫。わたしは、あなたの味方よ。理不尽《りふじん》なあつかいに、断固抗議《こうぎ》しましょう。あなたが、男ばかりの場所に寝起きさせられてるなんてどうかしてる。裳着の前とはいえ、どうしてこんなことがまかり通っているのかしら」

頭の小君の言葉のおかしさに、真佐智は何度か瞬《まばた》きした。今、彼女は裳着と言わなかったか？

「頭の小君。炊部司で、何してる」

奈津の声がした。

厨《くりや》の方をふり返って見ると、奈津が嫌そうな顔でこちらに向かってきている。頭の小君は真佐智の両手を握《にぎ》りしめたまま、庇《かば》うように前に出る。

「気の毒な姫君の話を聞いて、いても立ってもいられなくなったのよ。修業《しゅぎょう》とはいえ、あなたのような意地悪に使われるなんて見過ごせない。しかも水干なんか着せられて、男の中に置かれるなんて、どうかしてる。許せない。事実を確認《かくにん》したから、わたしは父君に抗議するわ」

確かに今、頭の小君は「姫君」と言った。やはりと、真佐智は肩《かた》を落とす。

奈津は頭の小君の正面に立つと、呆《あき》れるでもなく、淡々《たんたん》と無表情で告げる。

「そいつは、男だ」

「ええ、男の身なりをさせて、男として修業させているのでしょうね。けれど、こんな可憐《かれん》な男子がいるものですか！」

憤慨してくれるのは嬉しいが、同時にどんどん落ちこむ。

「頭の小君。わたしは、……男です」

きょとんとして、頭の小君がふり返った。

「そんなはず、ないでしょう？　だって美味宮は女ですもの」

「斎王《さいおう》は御門《みかど》のお血筋の姫君と決まっているが、美味宮は男女どちらも務められる。現在の美味宮が、たまたま女なだけだ」

奈津が説明すると頭の小君は目をまん丸にして、「本当か」と問うように真佐智を見る。

真佐智は引きつりながらも、なんとか笑顔《えがお》を作り頷いた。すると彼女は握っていた真佐智の手をぱっと離《はな》し、数歩飛び退《の》き、両頰《ほお》に手を当て真っ赤になった。

「わたし、てっきり……！　しかも、この人があまりにも可愛《かわい》いから」

目《ま》の当たりにしてすら、頭の小君に「女」と認定されていた事実に、真佐智はもはや半笑いだ。「そうですか……」という、究極の諦《あきら》めに似た気持ちになる。

「おまえが学問嫌《ぎら》いなのは知ってるが、寮頭の姫君なら、少しは勉強しろ。そうすればこんな馬鹿馬鹿《ばかばか》しい勘違《かんちが》いで、恥《はじ》をかかなくてすむぞ」

奈津が、寮頭の姫君を「おまえ」呼ばわりしたことに仰天《ぎょうてん》した。しかもさらりと、無礼なことも言っている。最初から言葉遣《ことばづか》いも、ぞんざいすぎる。頭の小君はきっと睨《にら》みつける。

「でも、男の子だとしても、意地悪なあなたと修業するのは可哀相《かわいそう》だわ」

頭の小君は憤慨しているが、それは、おまえ呼ばわりされたことに対してではない。普通《ふつう》、身分の低い炊部が、寮頭の姫君を「おまえ」と呼べるはずはないのに。

(それが当然のように許されている？　どういうこと？　奈津は、何者？)

疑問が湧《わ》き、不機嫌《ふきげん》そうな奈津の横顔を見やる。

「それに文句があるなら、小宮司《しょうぐうじ》に言え。俺に言われても困る」

「ほら、そういう言い方をする。そんな言い方しかできない人と一緒《いっしょ》にいて、都から来た繊細《せんさい》な人がどれほど傷つくか。あなた、真佐智というのよね。男なら炊部司にいるのは仕方ないかもしれないけど、わたしはあなたの味方よ。奈津の意地悪なんかに負けないでね」

「あ、うん。わかった」

迫力《はくりょく》に押されて頷くと、彼女は笑いかけてくれた。そして奈津にはべえっと舌を出してから、つんとそっぽを向いてその場を去った。真佐智は唖然《あぜん》とした。春の突風《とっぷう》みたいな姫君だ。

奈津は溜息《ためいき》をつくと、真佐智を睨む。

「で、おまえは、意地悪な俺と一緒に修業する気があるのか」

八つ当たり気味な彼の言葉に、反論した。

「意地悪と言ったのは、わたしじゃなくて頭の小君だ。しかも修業をやめるなんて、一言も言ってないだろ」

「じゃあ、早く厨に戻《もど》れ。お姫《ひめ》さん」

「お姫さん!?　なんでわたしが、お姫さんなんだ」

「ああ、悪い。つい」

おざなりに謝った奈津は、すたすた歩き出す。真佐智も慌《あわ》てて彼を追う。

「ついって、なんだ」

「見た目？　頭の小君より、女っぽく見えた」

（こいつ、腹が立つ――!!）

しかし、いくら喚《わめ》こうが、奈津は「うるさい」の一言で真佐智を封《ふう》じてしまいそうだ。しかも頭の小君には、実際目の当たりにしてからの女性認定を受けた直後だったので、いまひとつ強気になれない。燻《くすぶ》る不満を抱《かか》えつつ厨に戻りながら、さっき不思議に感じたことを問う。

「そういえば、頭の小君と奈津は親しいの？　随分《ずいぶん》、無礼な口をきいてたけど」

「ただの幼馴染《おさななじ》みだ」

奈津は当然のように答えたが、しかし寮頭の姫君と炊部の少年では、身分が違《ちが》いすぎて接点などないはずだ。

（奈津はどんな経緯《いきさつ》で、ここにいるんだろう？　生まれは？　家族は？）

興味がわいたが、無表情な横顔を見ると苛々《いらいら》して問う気にもならない。

（まあ、どうでもいい。お友だちでもないんだから）

頭の小君は、ちょくちょく炊部司に顔を出す。

彼女は以前から、炊部司のみならず、斎宮寮《さいぐうりょう》内のあらゆる所に顔を出しているという噂を聞いた。奈津は彼女の顔を見ると、「帰れ」と迷惑《めいわく》そうな顔をする。が、彼女はどこ吹《ふ》く風。「帰るわよ。いずれ」と澄《す》まして答えて、真佐智に微笑《ほほえ》みかけてくれる。

頭の小君は真佐智を心配しているようで、厨の仕事が一段落する頃《ころ》を見計らって来る。そして「奈津は意地悪しない？」「体調を崩《くず》してない？」と、細やかに心配してくれた。その親切さと気安い態度からつい、「奈津は、わたしのことが嫌《きら》いだ。何も教える気がない」と、愚痴《ぐち》ったりした。彼女は「うーん」と言葉を探すような素振《そぶ》りの後、首を横に振《ふ》った。

「奈津は、意味もなく人を嫌ったりしない。だから真佐智のことも嫌いじゃないわよ、きっとね。意地悪なのは、奈津なりの理屈《りくつ》があるみたいだけど。わたしには、わからないの」

答えた彼女は困ったような顔をしていた。そうやって結局は二人して、溜息をつくだけで終わる。それでも、親切な人がいてくれることは気持ちの支えになる。

気まぐれにやって来る頭の小君は、日常生活から距離《きょり》がある存在だけに、逆に心安い。ただ話し相手にはなっても、結局彼女は頼《たよ》れる存在でもないし、頼る気もない。道は、自分の力で拓《ひら》いていくしかない。

しかし真佐智の気負いをよそに、竈《かまど》の火の番を命じられ続けた。

進歩と言えば、「見ていろ」という命令から、竈に薪《まき》をくべろ、火をかき立てろと、命じられることが少し増えた程度。

薪をくべろと言われれば、投げこむようにしてくべ、かき立てろと言われれば、恐《おそ》る恐るかき立てた。それで火の具合が悪ければ、奈津の配下の誰《だれ》かが、何も言わずに調整する。すると火が驚《おどろ》くほど素直《すなお》に落ち着くので、余計に情けなかった。

火の番もできないのか？　と侮《あなど》られている気がする。

どうにかして料理を会得《えとく》しなければという焦《あせ》りが、日増しに大きくなっている。炊部司に来て数日だが、この、何も得られない数日が延々と続きそうな気がするのだ。

その日も真佐智は、竈の前に陣取《じんど》った。

竈は二つある。それぞれ斎王のための竈と、美味宮《うましのみや》のための竈だ。

竈が分けられているのは、斎王が口にするものは聖別されていなければならないからという理屈。それは美味宮も同様で、御食《みけ》を準備する美味宮も常に、穢《けが》れなくあらねばならないから。

早朝に火を入れられた竈は火種を絶やさず、一日熱いまま。火を落とすのは夕餉《ゆうげ》の準備を終えた後、日が落ちる前。真佐智は早朝からずっと、竈にはりついている。

(奈津が、わたしに竈の番ばかりさせて料理を教える気がないなら、かまわない。何もかも自分で覚えるだけだ。彼に頼るものか)

そう思って焦るのに、火を御《ぎょ》しきれずに時折誰かの手が入る。それが嫌《いや》だ。今日こそは誰にも手を出させずに火を操《あやつ》りたいと、躍起《やっき》になっていた。

頼れる人は誰もいない。それで良い。誰かに気を許し、友だと思い頼ってみたら、大切なところで素知らぬ顔をされるのがおち。自分は父のような、間抜《まぬ》けなことはしない。

自分で決めて来た場所だから、自力で美味宮になるのだ。美味宮になり元服し、その後に官位を得て出世する——しかし今の自分では、竈の火すら思うようにならない。

(なんで。なんで、火が強くならない)

苛立ちのあまり薪を二、三本、乱暴に竈に突っこむ。それでもまだ足りない気がして、さらに数本を、力任せに押しこんだ。

腰《こし》が引けながらも、火をかき立てることに成功し、真佐智はほっとした。午前に使われる竈は、美味宮の竈のみ。午後になったので、今は斎王《さいおう》と美味宮の竈、二つに火が入っている。

(両方とも、火をかき立てないと)

昨日は火が弱いと見た奈津が、無言で真佐智を押しのけ竈に薪を追加し、火をかき立てて調整した。そこで昨日よりも多めに薪を竈にくべ、火を大きくしようと試みた。

自分の力で、火を操りたかった。

薪を押しこんでいく。どんどん竈の炎《ほのお》は大きくなる。炎にあぶられて頬が熱い。汗《あせ》が吹き出し目に入るが、それを拭《ぬぐ》う余裕《よゆう》もなく、目をしょぼつかせながら斎王の竈に薪をくべようとしていた。腰が引けて、なかなか上手《うま》く入らない。

(入らない。もうすこし手を伸《の》ばせば)

手の甲《こう》に吹きつける熱風が怖《こわ》い。腕《うで》を伸ばしきって必死になっている姿を、奈津がちらっと見た。見た途端《とたん》、彼は目を見開き、

「おい！　美味宮の竈が！」

怒鳴《どな》ったと思うと、抱《かか》えていた笊《ざる》を放《ほう》り出してこちらに駆《か》けてきた。真佐智ははっとして、自分が必死に火を御そうとしていた竈の、隣《となり》の竈――美味宮の竈を見た。

竈が、唸《うな》るような、ごうごうという音を立てていた。焚口《たきぐち》のみならず上部からも、真っ赤な炎が、溢《あふ》れるように吹きあがっている。

（しまった！）

一方に集中する余り、もう一方を忘れていた。その間に、多く入れすぎた薪に火が回り、必要以上に火が大きくなって竈の温度が上がっている。薪はもっと少なくて良かったのだ。あるいは、これほど燃えさかる前に数本、間引けば良かったのだ。

怒《おこ》った唸り声のような竈の音に、恐怖《きょうふ》を覚えた。

竈にかかっていた鍋《なべ》が、激しく煮《に》立《た》っている。躍《おど》るあぶくが沸《わ》き立って、見る間に膨《ふく》れ、鍋から一気に吹きこぼれた。高温の竈に大量の湯が吹きこぼれたので、熱せられた竈から真っ白な濃《こ》い蒸気が立ち、竈が悲鳴をあげるような音を響《ひび》かせる。

厨《くりや》の中に蒸気が充満《じゅうまん》する。その場にいた全員が声をあげ、咄嗟《とっさ》に厨から飛び出していく。

真佐智は腰を抜《ぬ》かして、蒸気と熱が襲《おそ》いかかってくるその場にへたりこんでいた。

「ぼけっとするな！」

駆けつけた奈津に腕を引っ張られ、引きずられ、竈からいくらか距離を取ったとき、びきりと鈍《にぶ》い音が竈から聞こえた。

真佐智は、呆然《ぼうぜん》としていた。

蒸気が徐々《じょじょ》に外へ流れ出ると、目の前には、いくぶん火の勢いが衰《おとろ》えた斎王の竈が見えた。

しかしその隣。美味宮の竈の火は、ちょろちょろと哀《かな》しげに小さくなっていた。しかも、竈の上部が、大きくひび割れている。

血の気が引く。かなりの高温になっていた竈が湯を被《かぶ》り、温度が急激に下がった結果、温度変化に耐《た》えられず割れた。土を突き固めて作った竈でも、長年使えばかなりの硬度《こうど》になり、めったなことでは壊《こわ》れない。しかし硬度が増したぶんだけ、急激な温度変化に対応しきれなかったのかもしれない。

(わたしが、あんなに火を大きくしたからだ)

惨状《さんじょう》を目にした奈津が、息を呑《の》んだのがわかった。彼は竈に駆け寄ると、眉《まゆ》をひそめた。真佐智はよろめきつつ立ちあがり、竈に近づく。

「奈津……ごめん……こんな……」

詫《わ》びを口にしかけたが、奈津は真佐智に見向きもせず、厨の外へ向けて怒鳴った。

「美味宮の竈が割れた！　すくなくとも今日の夕餉と、明日の朝餉《あさげ》は美味宮にさしあげられないと、誰か主典《さかん》に伝えろ。あとは急ぎ竈の修繕《しゅうぜん》をさせるのに、殿部《とのもりべ》を連れてこい。小宮司《しょうぐうじ》もだ。竈の祓《はら》いが必要だ」

膝《ひざ》が震《ふる》えた。自分がどれほど大変なことをしたか、奈津の緊張《きんちょう》した横顔を見てわかった。

(こんなことをしたら、もう……美味宮候補ではいられない)

怖さと同時に絶望感が溢れ、体の力が抜け、半ばぼうっとした。

（せっかく得られた機会を、失う。出世どころか……ここから放り出されたら、行く場所がない。乳母《うば》との約束も果たせない。生きる術《すべ》すらなくなる）

すぐに炊部司の主典が飛んできた。主典は炊部司の長《おさ》たる長官《かん》の補佐《ほさ》で、実務の最高責任者と言ってよい。血色の良い太った男だった。

主典が厨に入ってきたので、奈津はその場に跪《ひざまず》き、真佐智ものろのろと彼に倣《なら》った。竈の惨状を目《ま》の当たりにした主典は、「これは」と絶望的な声を出し、二人にきつい目を向ける。

「なぜ、このようなことになった奈津。誰の責任だ。責めを負うのは、誰か」

真佐智は覚悟《かくご》した。どうせ何もかも失うなら、せめてみっともない真似《まね》はよそうと思った。顔をあげ、主典を見上げた。

「申し上げます。わたしが」

そう言おうとした真佐智の顔の前に、「止《や》めろ」と制するように奈津が手をあげる。彼は真佐智ではなく、主典を見ていた。掌《てのひら》だけが真佐智を制するように、こちらを向いている。

「責めを負うのは俺です。全《すべ》ての責任は、この場を任されている炊部の俺にあります」

「え、奈津」

と声をあげそうになったが、奈津がきつく睨《にら》んできたので、それ以上声が出せなかった。

「奈津。おまえがこのような馬鹿《ばか》な失敗はすまい。誰《だれ》が責めを負う者か申せ」

「申し上げています。責めを負うのは俺です」

真佐智は、ただ驚いて奈津の横顔を見ていた。

（どうして、わたしの責任だって言わないんだ？　わたしを追い出す絶好の機会なのに）

主典は眉を吊《つ》り上げた。

「仲間をかばい立てすると、おまえを折檻《せっかん》するぞ。厨を荒《あ》らす者は、放り出さねばならん」

「ならば、放り出されるのは俺です」

「おまえは……！」

かっとしたらしく主典が手を振《ふ》りあげたが、その手首が、背後からやんわりと摑《つか》まれる。

「はいはい、そこまでで結構」

そう言いながら主典の手を摑んでいるのは、冬嗣だった。主典が「これは、小宮司」と慌《あわ》てて礼をとる。冬嗣は手を放し、惨憺《さんたん》たるその場に似つかわしくない明るい声で言った。

「事の次第《しだい》は、俺から美味宮にお伝えした。美味宮は、一日、二日、空腹なのはかまわぬと。竈《かまど》が割れたことも、『新しきことの始まる瑞兆《ずいちょう》ね』と、笑いながら仰《おっしゃ》った。瑞兆ゆえ、責めを負う者はない」

「しかし」

「瑞兆だよ」

微笑《ほほえ》まれると、主典はばつが悪そうに「はあ」と言う。奈津に向き直ると、「可能な限り素《す》早《ばや》く対処し、常の勤めをせよ」と命じた。奈津が「承知しました」と答えたのを確認《かくにん》すると、主典は冬嗣に「祓いを願います」と頭を下げて出て行った。

「わかった、わかった」

冬嗣がひらひらと手を振って主典を送ると、奈津は何処《どこ》か痛むような顔をしながらも、

「ありがとうございます、小宮司」

と深く頭を下げた。成り行きを唖然《あぜん》と見守っていた真佐智も、慌てて頭を下げる。

「礼は美味宮に。あのお方が、ぽやんとしているお方で助かったなぁ。これが斎宮《さいぐう》様なら、君たちは血祭りだ」

ぎょっとして顔をあげた真佐智に、冬嗣はあははと笑って「冗談《じょうだん》、冗談」と言ったが、奈津の青ざめた顔を見ると、あながち冗談でもない気がした。

「殿部が竈の補修を終え、使えるようになったら知らせにおいで。火を入れる前には、俺が竈を祓う。だから奈津、急いで斎宮様の夕餉《ゆうげ》の準備をしろよ」

そう言って厨を出た冬嗣の言葉に、奈津ははっとしたようになり、燃え続ける斎王のための竈をふり返った。そこにある炎に勇気づけられるように、厨の外へ向かって声をあげた。

「おい、皆戻《みなもど》れ！　始めるぞ！」

動き出そうとする奈津の袖《そで》を、真佐智は咄嗟に強く握《にぎ》った。

「奈津！　ごめん、奈津。ごめん。わたしは」

ようやくまともに思考が動き出し、自分のしでかしたことの責任が、心に急激にのしかかっ

てきていた。

「詫びなんか言ってもらっても、なんの足しにもならない。必要ない」

「わたしがやったことなのに、なんで庇《かば》ってくれたんだ」

「庇ったんじゃない。あれは本当に、俺の責任だ。俺がおまえに火を見ろと命令したし、おまえがへたくそなのを知ってて目を離《はな》してた。俺の責任だ」

「お詫びをしてもなんの足しにもならない、何もかもへたくそなわたしを、追い出せる機会だったじゃないか。奈津の責任なんて言わずに、わたしの責任だって言って追い出せば良いのに。そしたらわたしが、美味宮《うましのみや》にならないですむだろう。庇ってもらう必要なんかなかった。わたしは、今から主典に申し出る！」

いくら奈津に対して含《ふく》むところがあったとしても、自分がしでかしたことの重大さは、よくわかっていた。謝罪しないわけには、いかない。衝撃《しょうげき》で停止していた思考が動き出すと、急に頭の中が熱くなる。

上手《うま》く立ち回ろうとする意識は飛んでいた。興奮していた。なぜなら、自らの責めを負う必要があることはよく知っているし、そうしなければ、人として最低だともわかっているからだ。自分のしでかしたことを他人に庇ってもらうのは、腰抜《こしぬ》けだ。

奈津の袖から手を放し、厨《くりや》の外へ駆《か》け出そうとした。

今度は奈津が、真佐智の腕《うで》を摑む。

「小宮司が丸く収めたのに、引っ掻《か》き回すな。しかも何度も言わせるな。庇ったんじゃない」

「庇ったとしても、そうじゃなくても、わたしには自分の責任がある！」

腕を振りほどこうと、もがいた。興奮している自覚はあるが、止められない。ここ数日の苛《いら》立《だ》ちと情けなさと不安と焦《あせ》りが、一気に吹《ふ》き出し混じり合い、頭の中はごちゃごちゃだ。

こんなにみっともない姿をさらしているのだから、もう、どうにでもなれと思った。

「それはおまえの責任じゃないと言ったろ」

「嘘《うそ》だ！　わたしの責任だ！」

「嘘じゃない！」

怒《ど》鳴《な》った奈津が、腕が抜《ぬ》けるほど真佐智を強く引っ張って、噛《か》みつくように顔に顔を寄せた。

「おまえの責任は、美味宮になることだけだ！」

思いがけない言葉に、真佐智は動きを止め、目を見開く。荒《あら》い語気で、奈津は続ける。

「馬鹿か、おまえは！　丸く収まったものを引っ掻き回して、おまえが都に追い返されたら美味宮が空位になる！　しかもおまえの責任でもないことを、おまえの責任と誰《だれ》が言える。おまえの詫《わ》びなんか、なんの足しにもならないし、不器用でへたくそで、女みたいな顔して、変に意固地なのは本当だから、それならいくらでも俺が言ってやる。けど、おまえの責任じゃないものを、おまえの責任と言えるわけないだろう」

真佐智は驚《おどろ》きに何度か瞬《まばた》きし、奈津を見つめる。

「腹が立たないのか？　わたしに」

「何回言わせる。責任は俺にある。腹が立つとすれば、自分たちに腹が立つ。美味宮は常に禊《みそ》ぎが必要な身だ。俺たちがここで作るものしか、口にできない。大切な御食《みけ》を作る役割を負う美味宮に、ひもじい思いをさせる自分たちに腹が立つだけだ」

真佐智の腕を摑む奈津の手には、痣《あざ》になりそうなほどの力がこもっていた。

初対面のときと同じように、奈津は真佐智を見つめていた。

（奈津は……）

わかった気がした。

（奈津は、炊部司の務めを誇《ほこ》りにしてる。ただ、それだけなんだ）

奈津は自分の務めに誇りと責任を持っていて、嘘や誤魔化《ごまか》しを許さない。

それに比べて真佐智は、保身ばかりだった。自分のために美味宮になり、頑張《がんば》ろう。自分の未来を摑むために、失敗できない。そんなことばかり考えている自分が、いじましい。

こんな真佐智に、奈津が苛々《いらいら》しないわけはない。だからと言って彼は、真佐智を追い出せる機会を利用して、追い出そうとはしなかった。彼は美味宮を空位にしたくないのだ。自分たちが支えるその務めをなす者が、存在し続けることを望んでいるのだ。

思い返せば、奈津は最初からそう言っていた。

『おまえが美味宮になると決めてここに来たのなら、美味宮としてきちんと務めるべきだ』

と。それは真佐智を美味宮候補として認めているということで、そのために真佐智に、美味宮として支えるに値《あたい》する者になれと言っていただけなのだ。

すとんと力が抜けた。

「ひどいこと言うな。不器用でへたくそで、女みたいな顔して、変に意固地って」

「本当のことだ」

悪いかといわんばかりの堂々とした態度は、相手が怒《おこ》るのも覚悟《かくご》の上で、言いたいことを言うのだという我の強さを見せつける。その強さに、真佐智の心がぴりぴりと震《ふる》える。真佐智が出て行く気配がないとわかると、奈津は手を放してくれた。

「引っ掻き回すなよ」

「しない」

返事を聞いた奈津は安心したように、厨に入ってきた連中に向かって声を張った。

「時間がないぞ、急げ！」

「応」と答える連中の元へ向かいながら、奈津は真っ先に斎王《さいおう》の竈の火の具合を確認する。燃える炎《ほのお》の大きさを覗《のぞ》いた後に、釜《かま》の表面に掌《てのひら》を近づけ、竈の熱し具合を測っているようだ。小さく頷《うなず》くと、奈津は背後に命じた。

「夕餉の献立《こんだて》を一品変える。今夜は粥《かゆ》を炊《た》くぞ。米の水加減を変えろ。青菜を交ぜて春らしい粥にする。粥と一緒《いっしょ》に、ちょうど一年物の梅の塩漬《しおづ》けを斎宮様に召《め》し上がっていただける」

それに応じ、釜の水加減を変える者と、青菜を洗いに走る者がいた。奈津は厨の奥から、壺《つぼ》に入った塩漬けの干し梅を出してくる。

真佐智は彼らの様子を視界に入れながら、ぼんやり不思議に思う。

(なんで奈津は、急に粥を炊く気になったんだろう)

釜がかけられると、奈津は火を保てと指示している。竈《かまど》の火は、いつも真佐智が命じられているよりも、いくぶん勢いがない。釜は、普通《ふつう》に飯を炊くときに比べ、ことことと大人しい音を立て続けている。

暫《しばら》くして、奈津が細かく刻んだ青菜を皿に移して竈にやってくる。釜の蓋《ふた》を開けると、そこへ青菜を入れ蓋を閉めた。火かき棒を手にすると、竈の中で燃えていた薪《まき》を一気に掻き出す。間を置かず、奈津は作業台の方へとって返し、梅の塩漬けの種を外す。かりかりした食感で、塩気と酸味の強いそれを、細かく刻む。それも釜の中へ入れる。お玉でざっくりと混ぜ合わせると、塗《ぬ》りの椀《わん》へと粥をよそう。

大ぶりで黒い塗り椀は、真っ白い粥で満たされる。純白の粥に鮮《あざ》やかな青の菜と、細かく刻まれた塩漬けの梅が散っていた。口当たりの良い粥に、干し梅の塩気と食感が加われば、いくらでもお腹《なか》に入りそうだ。

奈津は、塩梅を美味《おい》しく食べてもらう方法の一つとして、粥を選んだのだろう。

「粥も……竈で炊くものなんだ」

何気なく呟《つぶや》くと、椀に蓋をして膳《ぜん》に配しながら奈津が答えた。

「積んだ薪の上に鉄鍋《てつなべ》を吊《つる》して炊くほうが普通だ。竈じゃ、粥を炊くには火が強くなりすぎる。けどうまい具合に火が落ち着いた竈の温度を一定に保てれば、鉄鍋より火力が強くて一気に炊きあげられるぶん、粥が美味《うま》くなる。今回は、たまたま竈の温度の具合が良かった」

だから奈津は最初に、竈の温度を測っていたのだろう。温度が落ち着いていて、粥に最適と思ったからこそ、上手く炊けると判断した。せっかく粥が炊ける温度ならと、梅の塩漬けを美味しく提供できる機会にしようと決めたのだろう。

そこまで理解した瞬間《しゅんかん》、はっとした。真佐智は内心で声をあげた。

(だからなのか⁉)

使っている道具も食材も変わらないのに、竈の温度一つで、饗《きょう》する料理すら変わってしまう。

そのことに気がつき、やっと奈津の真意が見えた。

(奈津がわたしに、ずっと火の番をさせていたのは、意地悪でも投げやりでもない)

料理のことを煮炊《にた》きと言う。料理は、まず火を操《あやつ》れなければ始まらない。だからこそ、それを操る術《すべ》を覚えさせるために、奈津は真佐智を火にはりつかせていたのだ。火のあつかいなど、慣れて覚える以外に方法はない。

それは料理を覚えるための、一歩。

そもそも炊部司の炊の文字は、人が火を吹《ふ》く様子、すなわち火を操る様子をあらわす。

（奈津は笑わないし、口悪いし……でも……）

黙々《もくもく》と膳を整える奈津の背中に、わずかな間見惚《みほ》れていた。しかしすぐに、はっとした。

（「でも」じゃない！　やっぱり口が悪すぎる。さっきもどさくさ紛《まぎ》れに、また、女みたいって言ったぞ、あいつ！）

その日のうちに殿部《とのもりべ》が竈を補修し、翌日、冬嗣が祓《はら》いをした。

ぎりぎり、翌日の美味宮《うましのみや》の夕餉《ゆうげ》に間に合った。まる一日ぶりの食事を、美味宮はことのほか喜んだと、冬嗣から聞かされた。

『いつもの百倍夕餉が美味しく感じるから、空腹もたまには良いかもねぇ』

と、美味宮が言っていたと聞いた真佐智は、美味宮である理子《あやこ》という人は、結構ゆるい人なのかしらと、失礼なことを思ったりもした。

なんにしても美味宮を数日間飢《う》えさせなくて済んだことに安堵《あんど》したし、今日も変わらず奈津が竈の火の番を真佐智にさせてくれたことには、渋々《しぶしぶ》ながらも感謝した。

火に近づくのはすこし怖《こわ》かったが、昨日の、猛《たけ》り狂《くる》ったような炎を目の当《ま》たりにした後だったので、普通に燃える竈の火をいくぶん冷静に見つめることができた。

そのことが嬉《うれ》しかった。ここに来て初めて、手応《てごた》えというものを感じた。

喜びが大きかったせいか、夜、薄暗《うすぐら》い中で床《とこ》に入ってもなかなか寝《ね》つけなかった。戸の向こうでは今夜も博打《ばくち》をやっている。隣《となり》にいる奈津も、幾度《いくど》も寝返《ねがえ》りを打っているのでまだ眠《ねむ》っていないのがわかった。

「奈津。美味宮は、なぜ必要なの？」

都人の感覚では、美味宮は、あってもなくても良い存在だ。しかし斎宮寮《さいぐうりょう》では違《ちが》う。奈津たちは、美味宮の務めを支えることを誇りにしている。その人を支えて誇れるのは、その人がなくてはならないからだ。その認識《にんしき》のずれが不思議だ。

「国護大神《くにまもりのおおかみ》と斎宮《さいぐう》様が、美味宮がいることで、より鎮《しず》まるからだ」

奈津の落ち着いた声が答えた。眠いのか、いつもより声が柔《やわ》らかい。

「美味宮が務めを始めてからの十年、大規模な飢饉《ききん》や災害が起きていない。過去百年の記録からしたら、奇跡《きせき》的にこの十年が穏《おだ》やかだ。都人はただ、運が良い十年と言う。実際、そうなのかもしれない。けれど俺たちは、これは美味宮の務めによって神が鎮まっているからだと信じてる。荒《あら》ぶる神の気配があっても、鎮まっている斎宮様の祈《いの》りで鎮まる。実際、美味宮が斎宮寮に来られてからは、斎宮様のお顔が格段に穏やかになったと、年寄りたちは言う」

斎宮寮の者たちは、真佐智が考えるよりもずっと美味宮という務めを大切にしている。そのことに腰《こし》が引ける。

「わたしには、そんな霊力《れいりょく》はない」

「今の美味宮にも、霊力なんかない」

奈津が寝返りを打ち、こちらを見た。薄《うす》い闇《やみ》の中で目が合う。奈津は続ける。

「ただ、神と斎宮様に美味しいと言わせればいいんだ。美味ければ神も斎宮様も満足して鎮まる。神も人も、美味いものを食いながら、かんかんに怒ったりできない。美味いものを食えば、ちょっと気が収まったりする。それだけだ。手を抜《ぬ》かず、考え工夫《くふう》すれば、美味い料理を作れるようになる。誰《だれ》でもだ」

(美味しいと?)

そのたった一言を求めれば良いのだろうか。それだけで美味宮になれるのだろうか。

幼い日、桜の下で食べた小さな鞠《まり》の甘酢《あまず》の香《かお》りを、ふと思い出す。

「どんなへたくそでも、いずれ料理の腕《うで》は上がる。もう、寝ろ。明日の仕事に差し障《さわ》る」

話は終わりとばかりに、奈津はまた背を向けた。

(奈津の奴《やつ》。また、へたくそと言った)

本当に奈津は口が悪い。むっとしたが、それでも真佐智は、今に見ていろと思いながら素直《すなお》に目を閉じた。

奈津は相変わらず優《やさ》しい言葉などかけてくれないが、ただ最初の頃《ころ》と違って、戸の向こうの人の気配や、奈津の寝返りの音には慣れた。逆に、静まりかえった都の屋敷《やしき》で寝ていた三年が、どれほど寂《さび》しいことだったか。こうやって隣に人の気配があることで初めて意識した。

さわさわと、衣擦《きぬず》れの音。ひそひそ声。かちゃり、ことりと物音。

（人の気配が、わたしの周りでしてる）

自分の望みのために捧《ささ》げる数年を、ここで、どうやって過ごすべきなのか。考えながらも、ひそやかな気配と物音に優しく撫《な》でられるように、真佐智はとろとろと眠りにつく。

都の蕾《つぼみ》は、咲《さ》かぬまま三年の春を過ぎ。四度目の春、遠く都を離《はな》れて春風に触《ふ》れる。


「美味宮の竈は、使えるように修復されたそうね。冬嗣」

斎王《さいおう》が執《と》り行う明日の朝の祈りのために、冬嗣は内院の遥拝殿《ようはいでん》に灯《あか》りをともし、祭壇《さいだん》の準備をしていた。背後から突然《とつぜん》した声に、彼は手を止めてふり返り微笑《ほほえ》む。

「内侍《ないし》から聞きましたか？」

裾《すそ》をさらりと優雅《ゆうが》にさばき、薄暗《うすくら》がりから出てきた斎王は、蠟燭《ろうそく》の淡《あわ》い光の中でもその美しさが際立《きわだ》つ。細面《ほそおもて》の白い顔に、切れ長の目。形の良い唇《くちびる》は薄く、ひんやりとした美貌《びぼう》を際立たせている。その頰《ほお》に気安く触れたら、指先が冷えて痺《しび》れそうだ。

「理子のときも、この子どもが、なんの役に立つのかと呆《あき》れたけれど。竈《かまど》を割るとは、さすがの理子もしたことがない。理子に輪をかけて大変な子が来たものだわ」

「真佐智は一気に、有名人ですよ。斎宮寮内では『竈割《かまどわ》りの姫《ひめ》さん』と噂《うわさ》されてます。『可愛《かわい》い顔をした子が、やらかした』というような意味らしいですが」

「ああ、なんとも間抜《まぬ》けな呼び名だこと。げんなりするわ」

「すごい美味宮候補が、来てしまったものですね。彼を都へ追い返して、新しく美味宮候補を送れと祭主に命じられますか？」

斎王は、しばらく考えて首を横に振《ふ》った。

「理子は竈が割れたのを、瑞兆《ずいちょう》などと余裕《よゆう》で受け流したようだけど、そう言うあの子も最初の一年は、ひどいものだった。あの馬鹿舌《ばかじた》だった子どもが、今は時に、わたしを喜ばせるまでになったのだから。一年は、待ってやっても良い」

「一年後、竈割りの姫さんの料理を口にされた斎宮様が、美味しいと仰《おつしや》るか。見ものですねぇ」

にやにやした冬嗣の肩《かた》を、斎王は手にした扇《おうぎ》で軽く叩《たた》く。

「他人事《ひとごと》のように笑うな。美味しいものが食べられなくなれば、毎日おまえに八つ当たりする」

「こわい、こわい」

おどけて、冬嗣は首をすくめた。

「一年後の神と斎宮様のご機嫌《きげん》も、俺の平穏《へいおん》な生活も、彼次第《しだい》ですねぇ」

二帖 嘘ならで

一

新芽の香りがゆるゆると、真佐智の周囲を満たしていた。

幅《はば》が広いとはいえ、石ころの多い田舎道《いなかみち》。道の左右には、冬を越《こ》して乾《かわ》ききった草に覆《おお》われた田圃《たんぼ》が広がる。路傍《ろぼう》には蕗《ふき》の薹《とう》が顔を出していた。その他《ほか》に見えるのは、青々と連なる山々と森と、いくらかの田圃。遠くに板葺《いたぶ》き屋根の建物が集まった集落はあるが、山の大きさや森や田圃の広大さの中にあると、人の営みがあまりにも弱々しく思えた。そして——。

（わたしも、たいがい弱々しい）

真佐智は心の中で愚痴《ぐち》を零《こぼ》す。

長閑《のどか》な田舎道に、斎王を乗せた輿《こし》を先頭に行列が続いていた。

斎王の輿が粛々《しゅくしゅく》と行き、騎乗《きじょう》した神職たちが続く。さらにその後から、美味宮の乗る輿が行き、その後に選ばれた十二司《じゅうにし》の者たちが徒歩で従う。真佐智はその列の最後尾《さいこうび》辺りで奈津と並んで歩いていたが、足が痛くてたまらず、石ころに躓《つまず》いてつんのめった。

「おぶってやろうか？　お姫さん」

冗談《じょうだん》か本気、あるいは嫌《いや》みか。平淡《へいたん》な声で奈津が言う。

「いらないよ。それに、お姫さんと言うな。失礼だ」

すると周囲にいた炊部司《かしべつかさ》の連中が、「そう言われても、こんなに、ふらふらじゃなぁ」「頭《かみ》の小君《こきみ》より、姫君《ひめぎみ》らしいぞ」と口々に言い、面白《おもしろ》そうにけらけら笑う。

「ちょっと、躓いただけじゃないか」

真佐智はしゃんと背を伸《の》ばし、奈津を追い越して先頭に立ち歩き出す。

足は痛いし、肩や背中や腰に、見えない何かが何匹《びき》もぶら下がっているかのように全身が重いし、暑い。それでも侮《あなど》られまいと、歩き続けた。

年に四度、春、夏、秋、そして新年と、斎宮《さいぐう》では大規模な祭礼が執り行われる。

斎王はその度《たび》に、普段《ふだん》住まいする斎宮寮から国護大神が鎮座《ちんざ》する斎宮へと移動し、数日間滞《たい》在《ざい》する。そのおりには美味宮と神職たちと一緒《いっしょ》に、斎王の身の回りの世話をする者や、十二司の中から選ばれた者も同行する。炊部司は斎王と美味宮《うましのみや》の食をまかなうのだから、当然のように全員が随行《ずいこう》する。

斎宮寮から斎宮までは、ほとんど平坦《へいたん》な土地を徒歩で数刻の距離《きょり》。誰もが大した距離ではないと言ったし、真佐智もそう思っていた。

しかしたった数刻の距離でも、徒歩に慣れない真佐智にはきつかった。

竈を割るという強烈《きょうれつ》な事件を起こした真佐智は、「竈割りの姫さん」として斎宮寮内で名を轟《とどろ》かせてしまっていた。「竈割り」は甘んじて受けるとしても、その後にくっついている「姫さん」が我慢《がまん》ならない。他の司の連中が、竈割りの姫さんを見てやろうと厨《くりや》を覗《のぞ》きに来る。そして「ああ、なるほど。こりゃあ、姫さんだ」と納得《なっとく》して帰る度に、「暇人《ひまじん》め」というような冷淡《れいたん》で冷静な態度を保っていたが、内心は、喚《わめ》き散らしてやりたいほど腹が立つ。

姫さんと呼ばれないために、せめて男らしく振る舞《ま》わなければ。そう思うのだが、奈津たちのように体力がない。頼《たよ》るのは気力のみだ。

ふらふらで歩いていると、徒歩の列の前を行く、美味宮の輿が恨《うら》めしくなってくる。あの中に美味宮がいるはずだ。一年後、真佐智はあの場所にいるはずなのだが。今の状況《じょうきょう》からは、とてもあそこに乗る自分は想像できない。

美味宮の輿には布が回しかけられており、中に座る人を見ることはできない。

(どんな方なのかな、美味宮は。崑国に渡《わた》るくらいだから、さぞ賢《かしこ》く美しい方なんだろうけど)

半年もすれば会える人だろうが、単純な好奇心《こうきしん》で、輿の中を覗いてみたかった。

斎宮に到着《とうちゃく》すると、炊部司の者たちはすぐに夕餉《ゆうげ》の準備に取りかかる。真佐智も疲《つか》れた体に鞭《む》打《ち》ち、竈に火を入れ、火の番をした。火のあつかいにはだいぶ慣れてきたが、勝手の違《ちが》う竈で火の調整をするのは骨が折れた。

ようやく真佐智が一息ついたのは、辺りが薄暗《うすぐら》くなる頃だった。厨の連中は井戸端《いどばた》へめいめいに向かって汗《あせ》を流していたが、真佐智は一人、彼らの輪を抜《ぬ》け出た。

澄《す》んだ水がさらさらと軽《かろ》やかに流れる、浅く幅の広い川。その川辺の砂利《じゃり》の上にしゃがみ込み、真佐智は膝《ひざ》に顔をつけ、大きな溜息《ためいき》をつく。疲れていた。

背後からはざわざわと、風が木々を揺《ゆ》する音が途切《とぎ》れなく聞こえている。

斎宮は、巨大《きょだい》な森だ。なだらかな小山に、樹齢《じゅれい》百年を超《こ》す針葉樹が立ち並ぶ。その古い森の中に、国護大神《くにまもりのおおかみ》とその眷族《けんぞく》の神々の社が鎮座する。森は幅広《はばひろ》の浅い二筋の川に挟《はさ》まれており、川の澄んだせせらぎが、聖と俗《ぞく》を隔《へだ》てていた。

日が落ちても、せせらぎや森の影《かげ》がはっきり見えるのは、満月に近いからだ。月明かりが、浅い河床《かわどこ》まで照らしてきらめいている。

奈津たちと真佐智には、圧倒《あっとう》的な体力差があることを認めなければならなかった。奈津の肩や腕《うで》、背中は、青年のように硬《かた》そうでしっかりしている。

自分の細い手首が、悔《くや》しい。

ぼうっとしていると、川のせせらぎに乗るように、細く囁《ささや》くような声が聞こえた。

「大神様、大神様、大神様」

祈《いの》るような尋《たず》ねるような、その声は、どこから聞こえるのか。周囲を見回すと、川を隔てた向こう岸に小さな影があった。膝丈《ひざたけ》の着物を身につけた十歳程《ほど》の少女が、せせらぎに突《つ》き出した岩の上に立ち、斎宮の森へ向かって手をあわせている。頼りない影が川面《かわも》に落ちていた。

（あんな場所に立って、川に落ちたらどうするんだ）

少女の立つ岩は川の流れに洗われて、表面は滑《なめ》らかで濡《ぬ》れている。油断したら足を滑《すべ》らせそうだ。川は浅く流れも緩《ゆる》やかなので、落ちても大したことはないだろう。しかしまだ、夜の水は冷たい。そう思って見ていると、少女が祈り終わって顔をあげた。彼女は川を隔てた正面に真佐智の姿を認め、その存在に驚《おどろ》いたらしく、びくっと体を震《ふる》わせた。

それがいけなかった。そのせいで、体の均衡《きんこう》を崩《くず》す。

「危ない！」

真佐智が立ちあがった瞬間《しゅんかん》、少女は小さな悲鳴をあげて川に転げ落ちた。小柄《こがら》な彼女はゆるい川の流れにも翻弄《ほんろう》され、河床に尻餅《しりもち》をついた格好でジタバタして起き上がれない。それどころか、徐々《じょじょ》に押し流されている。

咄嗟《とっさ》に真佐智は川に入った。思った以上に冷たかった。しかし浅い流れは、川の中央でも真佐智の膝程度しかない。水を蹴《け》上《あ》げて流れを横切る。女の子の手を引いて立たせた。「おいで！」と声をかけ、対岸に引っ張り上げた。

岸に上がると、女の子は砂利の上にへたりこむ。真佐智は膝をついて、女の子を覗きこんだ。

「大丈夫《だいじょうぶ》？　怪我《けが》はしてない？」

女の子は顔をあげ、びっくりしたように瞬《まばた》きする。しかし驚いていたのは数瞬《すうしゅん》で、すぐに彼女の目の中に、期待に似たものがきらきら輝《かがや》く。

「きれい」

「はっ？」

「お姉ちゃん、きれい。大神様のお遣《つか》いの天女様《てんにょ》ですか？」

自分の容姿が、ほとほと情けない。

「わたしは斎宮寮《さいぐうりょう》で修業《しゅぎょう》してる、普通《ふつう》の人だ。しかも、女じゃないし」

「天女じゃないの？　川の向こうの斎宮から来てくれたから、大神様が茅《かや》の願いを聞いて、天女様を遣わしてくれたと思ったのに」

「あ……ごめん」

あまりに落胆《らくたん》した顔をするので、思わず謝ってしまった。女の子は首を振《ふ》る。

「いいの。また、お祈りするから。ありがとう、お兄ちゃん。助けてくれて」

女の子はずぶ濡れで小さく震えている。真佐智も膝上《ひざうえ》まで濡れていたが、かろうじて濡れていない水干を脱《ぬ》ぎ、女の子の肩《かた》に着せかけながら苦い顔をした。

「暗くなってからは危ない。やめなよ。お祈りするなら、明るいうちに来たほうがいい」

「駄目《だめ》なの。昼間は、お父さんが痛い痛いって言うから、茅が、ずっと体をさすってるの。日が落ちてすこしの間だけは、痛さで疲れて寝《ね》ちゃうから。だから今しか、来るときない」

茅というのが少女の名だろう。自分自身を名で呼ぶところに、幼さが垣間見《かいまみ》えた。

「お父さん、怪我？　君以外に、お父さんを看病してくれる家族はいないの？」

「お父さんは病気。うちは、お父さんと茅しかいない。だからお父さんが良くなるように、大神様にお祈りしてるの。お父さんの痛いのだけでも、止まれば良いけど。でも、うちに来てくれる薬師《くすし》のお婆《ばあ》ちゃんは、長くないよって言うから」

「……え？」

聞こえなかったと思ったのか、茅は繰《く》り返す。

「お父さん、長くないって」

立ちあがった茅の痩《や》せた膝小僧《ひざこぞう》が、ひどく痛々しい。淡々《たんたん》と、何度も言い慣れているように口にする様子に、強く胸を圧迫《あっぱく》されたような苦しさを覚える。

茅は、真佐智が父と別れたときと同じくらいの年齢《ねんれい》に見える。そんな子どもが父の死を予感させられるのは、どれほど恐《おそ》ろしく不安だろうか。

「衣《きぬ》、返す」

着せかけた水干を脱ごうとするので、真佐智は押しとどめた。

「風邪《かぜ》ひくから、そのまま家に帰っていいよ。あげるから」

「もらえない。施《ほどこ》しは受けちゃいけないんだって、お父さんが言うから。返す」

「じゃあ、また別の日に返してくれればいい。わたしは、真佐智っていうんだ。斎宮か斎宮寮を訪ねて、炊部司の真佐智って言ってもらえれば、わかるから」

「うん」と頷《うなず》いた茅は、真佐智を見上げる。

「お兄ちゃん、なんの修業してるの？　神様にお仕えする人になるの？　だったら、神様の声が聞こえる？　神様とお話しできる？　神様に直接お願いできる？」

何を期待して茅がそう訊《き》くのかわかるので、申し訳ない気持ちで首を横に振る。

「神職じゃなくて、わたしは美味宮《うましのみや》になるために、一年かけて修業をしてるんだ」

「美味宮！」

茅が、飛びあがった。

「神様の食べ物を作る人だ！　神様が食べるものって、どんなにすごいもの？　そんなの人が食べたら、きっと食べた人は元気になるんだろうなぁ。お兄ちゃんは美味宮になるんだったら、美味宮の作る食べ物をもらえないの？　ねぇ。もらえるんだったら、茅にくれない？　お金は、あんまり払《はら》えないけど。ちょっとなら払えるよ」

茅は美味宮の作る御食《みけ》を手に入れて、父に食べさせたいのだろう。そうすることで、父の病が良くなることを期待しているらしい。

(でも御食に、病人を治す効力なんかないだろうな)

奈津から、美味宮の存在する意味については聞かされていた。

美味宮は霊力《れいりょく》があるわけではなく、美味《おい》しい食べ物を作っているだけなのだと。美味しいものを食べれば、神も斎王《さいおう》も鎮《しず》まるということなのだが。

それを聞いてもまだ、美味宮がどんな存在なのか、いまひとつぴんとこない。

美味しい料理を作れば良いだけなら、炊部司が作っても良い。ということは美味宮は、炊部司と同じ厨《くりや》の番人ではないか。名が違《ちが》うだけで、結局は、大した務めではないのでは、と。

ただ、この小さな子が美味宮に権威《けんい》を認め、御食の力を信じているなら、あえて、それは違うぞと否定することもないだろう。それどころか特に効能がなかったとしても、それで満足するなら、御食を渡《わた》してあげたい。

ただ真佐智は御食を手に入れるどころか、美味宮の姿さえまだ拝めていない。常に禊《みそ》ぎし、安易な人との接触《せっしょく》を避《さ》ける美味宮の姿を目にするのは、斎王かその周囲に仕える神職たちのみ。

「ごめん。無理だ。わたしは、美味宮にお目にかかることもできないんだ」

「そっか」

茅の表情が、再び沈《しず》む。しかしすぐに気を取り直し、自分を元気づけようとするように、うんと力強く頷く。

「じゃあ、お兄ちゃんが美味宮になったら、茅に神様の食べ物をちょうだい」

真佐智が美味宮になるのは、一年後だ。茅の父親は長くないと言われているらしいので、実際には一年待てない可能性が高い。幼い頭には、その辺りがぴんときていないのか。

「うん。いいよ」

間に合うにしても、間に合わないにしても、今はそう返事しておくべきだと思った。茅と真佐智は、偶然《ぐうぜん》今、出会ったばかりなのだ。通りすがりみたいなものなのだ。通りすがりの子どもの無邪気《むじゃき》な希望を、いちいち打ち砕《くだ》く必要はない。

「すごい。嘘《うそ》みたい。お父さん、神様の食べ物を食べられるんだ。お祈《いの》りしてたから、大神様がお兄ちゃんに会わせてくれたんだ」

「でも、わたしが美味宮になれるとしても、一年後なんだ」

あまりに期待を持たせるのが心苦しくなり、慌《あわ》てて念を押す。

「でも、一年後に美味宮になるんだ。すごいね」

茅が、にかっと笑う。素直《すなお》な言葉が、照れくさかった。「衣、返しにいくね」と茅は元気に言って、ぱっと土手の上へ駆《か》けて行った。

——すごいね。

手放しで称賛《しょうさん》する高い声は、さらさらとした心地《ここち》よさで耳に残る。

美味宮になることは、真佐智にとっては、出世の足がかりに過ぎない。しかし、すごいねと言われると、それはそれで、すこし嬉《うれ》しかった。

炊部司から来た連中は皆《みな》、厨と続きのひと棟《むね》で休むことになっていた。普段《ふだん》、炊部《かしべ》の奈津と美味宮候補の真佐智は、他《ほか》の連中とは板戸で分けられた場所で休むが、このときばかりは几帳《きちょう》が立ててあるだけだ。

井戸端《いどばた》で体を清めた奈津は、几帳の陰《かげ》に真佐智の姿がないのを認めて眉《まゆ》をひそめた。

「おい、真佐智は？」

ごろ寝していた中の一人が、大儀《たいぎ》そうに答えた。

「姫《ひめ》さん？　井戸端じゃないのか？　さっき出てったから」

「井戸には俺がいたんだ。あいつは、来なかったぞ。どこへ行ったんだ」

「さあな。まあ、斎宮からは出ないだろうぜ。小娘《こむすめ》でもないし、心配いらないんじゃないか？」

誰《だれ》かが「小娘より小娘らしいから、心配だろ」と混ぜっ返し、「違いない」と皆が笑う。

奈津は髪《かみ》を拭《ふ》きながら几帳の陰に座り、放《ほう》り出されている真佐智の行李《こうり》に目をやった。

（あいつは何もできないくせに、気概《きがい》だけは一人前の馬鹿《ばか》だ）

初対面の日、真佐智は父を引き合いに出されたとき、唇《くちびる》を震《ふる》わせて言った。

――わたしは、あんな人と一緒《いっしょ》にされたくない。あの人の子であろうが、わたしはあの人とは別だ。

その頑《かたく》なさと拒絶《きょぜつ》感は、小柄《こがら》な全身を満たしていて、彼はそれを支えにして伊那の地までやって来たようだった。逆にそれが子どもっぽくて、奈津は苛立《いらだ》ったのだが。

（どんなに憎《にく》もうと、嫌《きら》おうと、相手が生きているからこそ、あんなふうに言える）

奈津にとっては、それは贅沢《ぜいたく》だ。死んでしまった人に対しては、あんなふうに言うことすら虚《むな》しいから。

暫《しばら》くすると真佐智が戻《もど》ってきた。彼は、なぜか水干を身につけていなかったし、袴《はかま》の裾《すそ》がひどく濡《ぬ》れていた。真佐智が何も言わず衣《きぬ》を脱《ぬ》いでいるので、その背に問いかけた。

「水干はどうした」

「ちょっと、濡らして。川に落ちたんだ」

「そんな間抜《まぬ》けなことをしたわりには、落ち着いてるな」

その言葉に即座《そくざ》に反応し、真佐智はむっとする。

「奈津は、失礼だ。人に向かって間抜けなんて言うな」

「間抜けなことをした奴《やつ》は、間抜けじゃないか？」

真佐智はそっぽを向き、乾《かわ》いた布を手にして出て行った。井戸端で汗《あせ》を流すつもりだろう。髪があらかた乾いたので軽く結《ゆ》わえてから、奈津は床《ゆか》に転がった。腕《うで》を組んで頭を支え、天《てん》井《じょう》を見上げる。

(あの姫さん。妙《みょう》なことを、してなきゃいいが)

真佐智は美味宮候補だ。彼が、美味宮となるためにしてはならない不埒《ふらち》な真似《まね》を、していないか。それが気になった。美味宮候補である以上は、彼がどんな人間であろうと、候補としてあつかうつもりだ。無論候補としての要求も、きちんとする。

それが美味宮候補を預かった、炊部の義務だ。

祭礼が執《と》り行われている数日の間に、茅が真佐智を訪ねて来ることはなかった。

（二度と会わないかもしれない子だ。気にする必要ないのかも）

そう思ったが、ふとした拍子《ひようし》に思い出していた。

滞《とどこお》りなく祭礼が終わり、斎宮寮《さいぐうりよう》に帰った数日後。

美味宮の朝餉《あさげ》の準備が終わり、一息つこうかという雰囲気《ふんいき》になっていたとき、ひょっこりと冬嗣が厨に顔を見せた。そして、「真佐智」と呼ぶと、にやにやしながら手招きする。

括《くく》っていた袖《そで》の紐《ひも》をはずしながら、戸口の冬嗣の所へ向かった。

「なんですか、冬嗣」

「君に会いたいと、女が来てる」

ざわっと、厨にいた連中が色めき立った。互《たが》いに顔を見合わせ、肘《ひじ》を突《つ》きあい「姫さんに、女だ」「女だって」「姫さんに!?」と、驚《おどろ》き半分、からかい半分に言い出す。奈津だけは「はぁ？」というような、胡散臭《うさんくさ》そうな声を出したが、実は、真佐智本人が一番動揺《どうよう》した。

「女なんて、心当たりがありません」

落ち着いて答えたつもりだが、冷やかされるのが恥《は》ずかしくて耳が赤くなる。

冬嗣は、わざとらしく目を見開く。

「おやおや、つれない。先方には、覚えがあるみたいだぞ。まあ、おいで。待たせてあるから」

顎《あご》をしゃくって、来いと命じるように歩き出すので、仕方なく真佐智は厨を出て、炊部司の門を出た。が、その場でちょっと足を止め、きっと背後をふり返る。

「どうしてついて来るんだ、しかも全員」

奈津を含《ふく》めて厨の連中が、ぞろぞろと鴨《かも》の親子の散歩よろしく、ひっついて来ていた。

「や〜、姫さんが心当たりがないって言うんだから、心配してやったんだ」

「そうそう、心配で」

「女は怖《こわ》いから」

口々に言う連中に「嘘つけ！」と怒鳴《どな》る前に、奈津がずばっと端的《たんてき》に言った。

「好奇心《こうきしん》」

全員が「それを言ってくれるな！」と、無言の悲鳴をあげるように奈津に振《ふ》り向いた。が、彼は意に介《かい》さない。

「九割九分好奇心だ。けど、こいつらの言うように、残り一分は心配してる。美味宮《うましのみや》候補を預かる炊部として、おまえが美味宮になれないような不埒をしでかさないか、気にはなる。小宮《しょうぐう》司《じ》に任せてもいいけど、この人はちょっといい加減なところがある」

「言ってくれるねぇ。まあ、否定はしないけどな」

と言う冬嗣は、なぜか嬉しそうだ。

「じゃあ、奈津。君が一緒に来い。さすがに厨《くりや》の全員を、連れて行くわけにはいかないからな」

厨の連中はつまらなそうな顔をしたが、「帰れ帰れ」と冬嗣に促《うなが》され、渋々《しぶしぶ》引き返す。

「おまえ、まさかとは思うが、不埒な真似はしてないだろうな。美味宮候補の自覚はあるか？」

並んで歩きだした奈津が険しい顔をして問う意味が、真佐智には理解できなかった。

「不埒ってなんだ？　何をそんなに心配することが？」

「美味宮は聖職だ。男女の契《ちぎ》りを経験した者は、美味宮になれない」

そういうことかと、真佐智は赤面する。動揺を抑《おさ》えつつも細い声で答えた。

「そんなこと、してない」

連れて行かれたのは、外院の最も南。斎宮寮を警備する門部司《かどべつかさ》がある、南の大門の近く。門番の詰《つ》め所だった。

「君を待ってる女がいる。入りなさい」

冬嗣は外で待つようで、真佐智と奈津二人だけ中へ入れと促された。入ると、簡素ながら床《ゆか》板《いた》が貼《は》られた詰め所に、ちょこんと小さな女の子が座っていた。見覚えのある顔だ。

「茅!?」

奈津は、そこにいるのが小さな女の子だと認めると、忌々《いまいま》しそうに外へ視線を向けて舌打ちした。わざと思わせぶりな言い方をして、真佐智のみならず奈津たちまでからかった冬嗣に、腹を立てているようだった。

冬嗣の悪戯心《いたずら》には真佐智も呆《あき》れたが、それよりも茅に再び会えたことが嬉《うれ》しい。

真佐智の顔を見ると、茅はにかっと笑った。

「衣、返しに来たよ。お兄ちゃん」

二

「茅の家は、斎宮《さいぐう》の近くだろう？　よく斎宮寮まで来られたね。遠かったんじゃない？」

綺麗《きれい》にたたまれた水干を床の上へ差し出す茅の前に、真佐智と奈津は腰《こし》を下ろした。

施《ほど》しは受けないと、茅は言った。その通りにこうやって、遠い道を歩いて水干を返しに来た律儀《りちぎ》さと誇《ほこ》り高さが可愛《かわい》らしく思えて、好ましかった。

「うん、ちょっと。でも薬師《くすし》のお婆《ばあ》ちゃんが、連れてきてくれた。斎宮寮の外で待ってる」

ちらっと、茅が奈津の方を気にするので、「この人は奈津だ。わたしに、いろんなことを教えてくれる人」と紹介《しょうかい》した。真佐智を指導する人と聞いて、茅は、「へぇ」と尊敬の眼差《まなざ》しを奈津に向ける。

奈津は無表情だが、それは機嫌《きげん》が悪いのではなく、どう反応して良いのか戸惑《とまど》っているように見えた。子どもが苦手なようだ。奈津にも苦手があると思えば、少し優越《ゆうえつ》感を覚える。

「よく返しに来てくれたね。ありがとう。お父さんは、どう？」

「痛いのが、ずっとひどい。だから国護大神《くにまもりのおおかみ》様がいる斎宮に向かって、この前よりもいっぱい祈《いの》ってるよ。お父さんの病気を、もっと早くに治してくださいって」

「暗いときに、川辺に行ってない？　あそこでお祈りするのは、危ない」

「行ってるけど、平気。あんまり川に近寄らないから」

「駄目《だめ》だよ、そんな」

「平気だよ」

茅は笑って、立ちあがった。

「茅、帰るね。早く帰らないと、お父さんが待ってるから。ありがとう、お兄ちゃん。衣貸してくれて、嬉しかった」

「茅！」

ぺこんと頭を下げて、ととっと早足で駆《か》け出す茅を思わず呼び止めた。足を止め、きょとんとふり返った彼女の膝小僧《ひざこぞう》は、相変わらず痩《や》せてかさかさだ。

「何か、わたしにできることはない？」

父を失うかもしれない不安に耐《た》えながら看病し、暗い道を歩き神に祈るこの子に、できることなら、何かしてあげたかった。しかし自分にできることがわからず、間抜《まぬ》けにも、本人に訊《き》いてしまった。彼女は、にっこりした。

「うん、今はない。よい子で待ってるから、大丈夫《だいじょうぶ》」

その言葉に、愕然《がくぜん》とした。

茅は「今はない」と答えた。「今はない」ということは「いずれある」のだ。それは、真佐智が美味宮になって御食《みけ》を作るのを待っているから、今はないという意味。

(あの約束を、茅は本気にしてすがってるのか⁉)

真佐智にとっては、通りすがりの子どもに愛想《あいそ》良く振る舞《ま》ったにすぎない程度の約束。しかし茅にとっては違《ちが》う。それは彼女が夜の河原で見つけた、思いがけない希望なのかもしれない。

今一度ぺこんと頭を下げ、茅は出て行った。

それを見送る真佐智の胸が、痛み出す。

――よい子で待ってる。

父と別れるとき真佐智はそう約束したが、結局、よい子で待っていても父は帰ってこなかった。よい子で待つと言われると、軋《きし》むように胸が痛むのは、そんなことをしても無駄《むだ》だよと、真佐智の頭の隅《すみ》で何かが囁《ささや》くからだ。

(わたしは、父君のような真似《まね》をしたのか)

父のようになりたくないと常に思っているのに、無意識に父に似たことをした自分が嫌《いや》だ。自分に対して、ぞっとした。父と縁《えん》を切り、自分だけを頼《たよ》りに未来を拓《ひら》こうとしている自分が、無意識に父に引きずられているような気がして不愉快《ふゆかい》だ。

（あんな約束を不用意にして、わたしが、茅を待たせてるんだ。だとしたら、なんとかして父君のような無責任な行動を、帳消しにしなければ。わたしは、父君のような真似はしない）

そうしなければ、汚《けが》らわしいものが自分の肩《かた》や背にはりついて、取れなくなってしまいそうだ。不快感が拭《ぬぐ》えない。そこでぱっと閃《ひらめ》いた。

（そうだ。美味宮に会えないかな？　御食をわけてもらえるように、直接お願いできれば）

一年後を待たずとも、今、本物の美味宮が作った御食を手に入れ、それを茅に渡《わた》せれば待たせずに済む。その考えに思い至ると、いても立ってもいられなくなった。

炊部司に戻《もど》って水干を衣装箱に戻すと、再び抜《ぬ》け出し、何食わぬ顔で内院へ向かった。


頭《かみ》の小君《こきみ》は、いつも斎宮寮《さいぐうりよう》内をふらぷら歩き回る。それはもう周知のことで、皆《みな》が「やあ、来た来た」と苦笑いする程度には、様々な司に顔を出す。彼女は細々《こまごま》したことが、面白《おもしろ》くて好きなのだ。酒部司《さかべつかさ》が神酒《みき》を仕込む道具や樽《たる》だとか、薬部司《くすりべつかさ》が薬草類を入れている、小引き出しが沢山《たくさん》取りつけられた曹司《ぞうし》の壁《かべ》だとか、采部司《うねべつかさ》の女たちの噂話《うわさばなし》だとか、とにかく面白い。

今日は斎王《さいおう》に呼ばれ、碁《ご》を打ってきた。時折斎王は退屈《たいくつ》し、遊び相手として頭の小君を呼びつける。彼女は喜んで出向く。真剣《しんけん》勝負で負けると悔《くや》しいが、たまに負かすこともできる。そのときの斎王の悔しがりようは、ちょっと見ものなのだ。

今回は一勝できたので満足し、内院から屋敷《やしき》へと、足取りも軽く帰ろうとしていた。

すると前方に、奈津の背中が見えた。炊部司と膳部司《かしわでべつかさ》くらいしか行き来しない彼が、普段《ふだん》通らない場所だったので、頭の小君は目を丸くした。彼は何か捜《さが》すかのように、ゆっくりした足取りで周囲に目を向けている。珍《めずら》しいところで会えたのが嬉しくて、小走りに近寄り、ひょいと彼の前に飛び出す。

「奈津！　どうしたの？　捜しもの？」

驚《おどろ》いて足を止めた彼は、すぐに嫌な顔をした。

「おまえ、ふらふら出歩きすぎだ。自分の年をわかってるのか。頭の小君」

「十五歳よ。裳着《もぎ》もまだだし、子どもですもの」

「もうすぐだろう、裳着は」

頭の小君は、むっとした。本当に奈津は、嫌なことばかり言う。頭の小君もわかっていることを、いちいち嫌みたらしく言わないで欲しい。裳着が終われば頭の小君がどんな生活をしなければならなくなるかわかっているだろうに、平然と裳着を口にすることも憎《にく》らしい。

「それはそうと、真佐智を見なかったか？」

「真佐智。どうかしたの？」

彼のことは常に気にかかっている。彼が美味宮《うましのみや》候補として来る前から、父の寮頭《りょうのかみ》から、真佐智は御門《みかど》の血筋ではあるが父が流罪《るざい》となっており、気の毒な立場なのだと聞かされていたからだ。そして都からやってきた少年は、見るからに繊細《せんさい》そうで、とても放っておけなかった。

「今日ちょっと妙《みょう》な客が来てから、様子がおかしい。炊部司から抜け出してる」

ふいにずきんと、胸が痛む。

「奈津は、真佐智のことをとても気にかけてるのね」

これだけ頻繁《ひんぱん》に顔を合わせても、ちょっかいを出しても、奈津は頭の小君のことなど、欠片《かけら》も気にしてくれないのに。

「あいつは美味宮候補だ。おかしな真似をされたら、困るだけだ」

その言葉から、頭の小君は察した。奈津が大切にしているのは、今は炊部司の務めだけだ。

（ああ。つまらない）

急にもやもやと、腹が立ってきた。

（つまらない！）

突然《とつぜん》何かが我慢《がまん》できなくなり、奈津の二の腕《うで》をぱしっと叩《たた》き、飛び退《の》く。たいして痛くなかっただろうが、彼は不審《ふしん》げな顔になる。

「なんだ、急に」

「知らない。真佐智が心配なら、自分で捜したら良いわ」

駆け出した彼女の耳に、奈津が「変な奴《やつ》」と吐《は》き捨てたのが聞こえた。

頭の小君にあしらわれて、奈津は真佐智を捜すことにうんざりしたのか、炊部司の方へと帰って行った。歩み去るその姿をふり返って見て、頭の小君は、彼との間にある隔《へだ》たりに嘆息《たんそく》した。歩みを緩《ゆる》め、一人呟《つぶや》く。

「頭の小君、ね」

昔、奈津は彼女のことを、ただ「小君」とだけ親しく呼んでくれた。けれど今はもう、そう呼んではくれない。皆と同じように、寮の頭の姫君《ひめぎみ》という意味を込め、頭の小君と呼ぶ。

(つまらない)

美味宮は内院の東の端《はし》にあり、檜皮葺《ひわだぶ》きの社めいた小さな寝殿《しんでん》が一つ、板塀《いたべい》で囲われている場所のことを指す。そこに住まいし、御食作りに従事する者を美味宮と呼び習わすのだ。

板塀の中も周囲も、人の気配がない。美味宮はこの場所に一人で住み、穢《けが》れを嫌《きら》う故《ゆえ》に人に会うことを極力避《さ》け、日々禊《みそ》ぎと料理のみを行う。御食を神と斎王の御前《ごぜん》に運ぶとき以外は、あまり外へ出ないらしい。

白木の門には細い注連縄《しめなわ》が張られ、紙幣《かみぬさ》が揺《ゆ》れている。ここから先は聖域だと知らしめているのだ。

（一年後、わたしはここに住むのか。寂《さび》しいかな？　それとも存外、一人は気楽かも）

そんなことを考えながら、ぼんやり、紙幣を見つめていると、

「あら？　どちら様？」

背後から声をかけられた。ふり返ると、まるく大きな目の少女が蕨《わらび》、薇《ぜんまい》、蕗《ふき》などの山菜が山盛りになった笊《ざる》を抱《だ》いて立っていた。珍しそうに目をぱちくりさせている。奈津よりも、少し年上だろうか。小動物みたいな印象の少女だ。

「うろついて、すみません。わたしは、真佐智と言います。炊部司に勤めてますが」

「あ。一年後、美味宮になる子だわ」

彼女は、ほわんと笑う。気の抜けたような笑顔《えがお》に親しみを覚える。

「この場所に何か用事？」

「美味宮に、会えないかと思って来たんです。事情があって。御食を、わけてもらえないかと」

彼女は「ああ」と、残念そうな顔をした。

「御食は、神と斎宮様《さいぐう》以外には捧《ささ》げられないものなの。無理だわ」

「絶対に、無理なんですか？　美味宮に直接お願いしても、絶対に？」

「ええ。無理」

彼女に罪はないのに、ひどく申し訳なさそうな顔をした。残念だったが、ここで駄々《だだ》をこね、この少女を困らせるのはどうかと思う。

「わかりました。ありがとうございます」

肩を落としながら歩き出した真佐智の背後から、「ごめんなさい」と彼女の声がした。「あなたが謝ることはない」と言おうとしてふり向いたが、そこに彼女の姿はなかった。

美味宮の門に張られた細い注連縄が、何かが触《ふ》れたようにゆらゆら揺れていた。彼女は、美味宮の中へ入ったとしか思えなかった。山菜の笊を抱《かか》えていたから、美味宮に仕える、下働きだったのかもしれない。

炊部司へ戻る道すがら、茅の「よい子で待ってる」という言葉が、いよいよ胸の中で重い。

——父君、父君。

三年前の春、必死に叫《さけ》んでいた自分の声までもが、自分の中に反響《はんきょう》していた。茅は父を失ったら、あのときの自分のように、いや——自分以上の絶望感を味わうのだろうか、と。それを想像するとあまりにも可哀相《かわいそう》すぎて、苦しくなるほど。

(何か、何かできないか)

考えていると、ふと樹林の中にいるような清々《すがすが》しい香《こう》が流れてきた。内院で焚《た》かれる香が風に乗って漂《ただよ》ってきたのだとわかった瞬間《しゅんかん》、はっとした。

(そうか！　御食《みけ》が駄目《だめ》でも、国護大神《くにまもりのおおかみ》に直接願うことができれば)

それに希望を託《たく》して炊部司に戻《もど》ると、奈津の姿を捜した。奈津は厨《くりや》で、紙と筆を手にして食材の確認《かくにん》をしている最中だった。厨に飛びこんだ真佐智は、「奈津！」と勢いよく呼んだ。その勢いに彼は、何事だと言いたげに眉《まゆ》をひそめた。

「おまえ、どこへ行っていたんだ」

「ちょっと、色々。それよりも奈津。斎宮様《さいぐう》にお目にかかってお願いして、ある人の病を治してくれるように、国護大神に祈《いの》ってもらうことは可能かな？」

勢いこんで問う。しかし奈津は、しばらく沈黙《ちんもく》した後、首を横に振る。

「あの子の父親のことを考えてるんだろうが、それは無理だ。そもそもあの子が、父親の病気平癒《へいゆ》を願って斎宮に祈りを捧げるのも無駄《むだ》なことだ」

「なんで茅の祈りを無駄だなんて、ひどいことを言うんだ」

奈津の言いぐさに腹が立ったが、彼は大げさに溜息《ためいき》をつく。

「事実を言っただけだ。国護大神は国を守る神だ。国を守りはしても、人々の些末《さまつ》な願いを聞き届けはしないから、個人的なことについて祈っても無駄なんだ。国を守るためにおわす神なんだから、当然だろう。だからこそ御門が敬い、最も篤《あつ》く祈りを捧げるんだ」

真佐智のように神事に疎《うと》い者は、神であればどんな神でも、どんな願いでも叶《かな》えてくれると思いがちだ。しかし神はそれぞれに違《ちが》うからこそ、八百万《やおよろず》もおわすのだ。当然、聞き届けてもらえる願いも違う。

「個人的な願いについては、斎宮寮《さいぐうりよう》に仕える者にできることは何もない」

落胆《らくたん》の余り、「何もないって、そんな……」と、言葉が零《こぼ》れた。

(茅は、無駄なことを懸命《けんめい》にやっているの？　それは無駄だと教えても、じゃあ、茅はどの神に祈ればいい。新しい神様を探せって言うのか？　わたしにできるのは、そんなことだけ？)

そんなのは、いやだった。もっと、ちゃんと、茅の役に立つことをしたい。

「わかったか。そんな簡単なことじゃないんだ、人を助けるってことは」

諭《さと》すように言い、奈津はまた食材に向き合う。

真佐智の中には、妙な焦《あせ》りに似たものが渦巻《うずま》いていた。必死に別の道を探した。暫《しばら》く考えを巡《めぐ》らし、一つの方法を思いつく。

しかしそれは、けして褒《ほ》められたものではない。

(でも、わたしが悪いんだ。だから、わたしが決着をつけないと)

はじめて茅と出会ったとき、ただの通りすがりだと、安易に請《う》け合ってしまった真佐智が悪いのだ。そのせいで茅を待たせるのなら、それはとても罪深い。

暫く迷ったが、茅を待たせることは、どうしても我慢ならなかった。探《さぐ》るように問う。

「奈津。わたしは火の番をずっとしてるけど……料理を習いたい。美味《おい》しい、何かを」

「火を操《あやつ》るのも料理だ。けど、それができるようになった次には、飯を炊《た》く」

「じゃあ今日、飯を炊かせてくれないか？」

「駄目だ。美味宮《うましのみや》や斎宮様の夕餉《ゆうげ》の飯が、ごわごわだったり焦《こ》げ臭《くさ》かったり、べたついていたりしたら、目も当てられない」

「なら、別の厨で練習させて。それなら、いいだろう？　厨の連中の夕餉は、別の厨でやるじゃないか。そこでわたしに、飯を炊かせて欲しい」

「変に、やる気だな」

不審げに言われてどきりとしたが、できるだけ冷静に言い返す。

「わたしには一年しかない。料理を覚えるのが、早すぎるってことはないだろう」

胡散臭《うさんくさ》げに奈津は真佐智を見ていたが、結局「わかった」と頷《うなず》いてくれた。

「今夜から飯の炊き方を教えてやる。しばらく全員、まずい飯を食うことになるだろうけどな」


穂《ほ》から脱穀《だっこく》した米粒《こめつぶ》には、籾殻《もみがら》がついている。その籾殻を取ると薄茶《うすちゃ》けた玄米《げんまい》になり、さらに玄米を包む外皮をたんねんに搗《つ》いていくと白い米、精米《しらげよね》になる。

籾殻を被《かぶ》った米を渡《わた》された真佐智は、精米にする作業をさせられた。

根気のいる作業だった。

籾殻を除くのは大雑把《おおざっぱ》で良かったが、精米にするために、玄米を搗くのが大変だ。一気に終わらせようと力を入れすぎると米が割れ、力を入れなければ、なかなか精米にならない。

終わってみれば、渡された米の四分の一ほどが砕《くだ》けている有様。

次に精米を水で研《と》ぐ。水で洗うのではなく、米粒同士を適度な力で擦《こす》り合わせて、余分なものを削《そ》ぎ落とすのだ。まさに研ぐ作業。それを何度か繰《く》り返し、水を入れると、やっと火にかけることができる。

「玄米と精米では、水の加減と火の入れ具合が違う。俺たちが普段《ふだん》食うのは玄米だが、美味宮や斎宮様のために炊くのは精米だ。今日は精米を炊く」

厨で働く者たちの食をまかなう厨は、彼らが寝起《ねお》きする建物の裏手にあった。

いつもは当番が夕餉を作るのだが、今日は奈津が買って出て、真佐智に飯の炊き方を教えてくれることになった。

奈津の指示で米を研ぎ、釜《かま》に米を入れた。柄杓《ひしゃく》を使って水を入れ、水加減をしていく。

「米の表面に中指をつけてみて、中指の、一つ目の関節のところまで水を入れるのが基本だ。けど人によって指の長さも違うし、新米か古い米かによっても変わってくる。新米は水分が多い分、水加減は少なめ。古米は多め。その程度の基準しかない。米を収穫《しゅうかく》した田圃《たんぼ》によっても、米の性質は変わる。そのとき、そのとき、与《あた》えられた米の状態を見ながら毎日少しずつ火加減と水加減を調整することを繰り返して、その米が美味《うま》く炊ける加減を見つけるしかない」

「水加減はこれで良い？」

「その水加減を、覚えとけ。それで炊きあがった飯が、強《こわ》いかべたつくかで、明日の水加減を調整するんだ」

なるほどと、真佐智は頷く。飯炊《めした》きは、経験がものを言うらしい。

「竈《かまど》の火は最初小さくていい。釜の蓋《ふた》の隙間《すきま》から白い湯気が出だしたら、かき立てて薪《まき》を追加して、火を強くしろ。そのうち蓋がごとごと鳴って隙間から少し吹《ふ》きこぼれてくるが、そのままにしてろ。吹きこぼれが収まりそうな気配が見えたら、竈から火を掻《か》き出せ」

火をかき立てろ、薪を掻き出せというのは、毎日の火の番でやらされていることだった。指示されるままにやっていたことだが、今日はその適切な瞬間を、自分で見極《みきわ》めなければならない。

真剣《しんけん》に、火に向かう。

奈津が「竈は任せた」と言って、食材を取りに行くために厨を出た。するとそれと入れ替《か》わるようにして、厨の戸口に頭の小君が顔を見せた。

「ご飯《はん》炊いているのね」

弾《はず》んだ声とともに、彼女は躊躇《ためら》わず厨に入って、真佐智の隣《となり》に並んでしゃがむ。

「頭の小君。衣《きぬ》が煤《すす》で汚《よご》れるよ」

「いいの、大丈夫《だいじょうぶ》。いよいよ、食べるものをあつかってるのね。進歩してるのね」

と笑って、頭の小君はむふふと真佐智の顔を覗《のぞ》きこむ。

「美味宮や斎宮様の食べ物には、手を出させてもらえないけど」

「きっと、じきよ」

頭の小君は寮頭の姫君《ひめぎみ》でありながら、気取ったところもなく、気さくだ。裳着《もぎ》前とはいえ厨にまで入ってくるのは、驚《おどろ》くべきこだわりのなさ。都であれば白い目で見られかねない行為《こうい》だが、大らかな斎宮寮では許されているらしい。

しかしさすがに裳着を済ませたら、こうやって出歩けないだろう。

「頭の小君は、裳着の儀《ぎ》式《しき》の時期は決まってるの？」

「また、裳着？」

うんざりしたように言う。

「また？」

「あ、ごめん。今日、奈津にも裳着がどうのこうのと言われたから、ついね」

首をすくめて笑ってから、頭の小君は続ける。

「今年の秋から冬にかけての、いつかだって。涼《すず》しくなる頃《ころ》を見計らってと、父君はお考えみたいだけど」

そこで、頭の小君は土間に視線を落とす。

「嫌《いや》だわ。女って、損ね。男に生まれたかった」

こんな活発な姫君が屋《や》敷《しき》に押しこめられたら、手《た》折《お》られた花のように萎《しお》れてしまいそうだ。しかし、これればかりは仕方ないこと。彼女もわかっているから、自由なうちにこうやって、あちこちこだわりなく出歩くのかもしれない。

（裳着を済ませたら、会えなくなるんだな）

会えなくなるのは、正直寂《さび》しい。それは単純に親しい人がいなくなる寂しさで、乳母《うば》と離《はな》ればなれになるときの気持ちに少し似ているかもしれない。年頃《としごろ》も近いし、愛らしい姫君だが、彼女に対して恋心《こいごころ》を抱《いだ》くには、真佐智はまだ彼女のことを知らなすぎた。しかも、愛だの恋だのが心の隙間に芽生える余裕《よゆう》がないほどに、自分の目の前のことで手一杯《いっぱい》だったのだ。

(いくら愚痴《ぐち》ったって、大人になるのは避《さ》けようがない。でも頭の小君の気持ちも、わかる)

男子は元服すれば、できることが増える。逆に女子は、裳着を終えるとできないことばかりになる。それをどう慰《なぐさ》めるべきかわからず、沈黙《ちんもく》していると、頭の小君の方がいち早く気分を切り替えた。顔をあげると、にっこりした。

「それにしても真佐智は、奈津の意地悪に負けてないのね」

真佐智は苦笑《くしょう》する。

「近頃《ちかごろ》思うけど、奈津のあれは意地悪じゃない。無神経なんだ」

「無神経！　そう、そうね！　確かに。うちの屋敷の馬なんて、奈津よりよっぽど繊細《せんさい》だし」

頭の小君は、声をあげて笑い転げた。

(頭の小君は、よっぽど奈津に怨《うら》みでもあるのか？　幼馴染《おさななじ》みって奈津は言ってたけど、馬と比べるのは、気の毒かもな)

そこで真佐智は、妙案《みょうあん》を思いつく。

「そうか、馬。ねぇ、頭の小君は、お屋敷に馬を持ってるんだよね。その馬、明日貸して欲しいんだ。朝餉《あさげ》の準備が終わった後に借りて、昼過ぎには返せる」

きょとんとした頭の小君は、すぐにくるりと表情を変え、目を輝《かがや》かせる。

「何か、面白《おもしろ》いことするの？」

「面白いことじゃないよ。斎宮《さいぐう》近くの村に行って、人に届け物をして帰るだけだから」

「ふうん、でも斎宮寮《さいぐうりょう》から出るんだ。いいなぁ」

頭の小君はひとしきり羨《うらや》ましがった後、馬を貸すことを承知してくれた。

三

朝、美味宮《うましのみや》のための朝餉を作り終わった後に、炊部司の者たちは自分の朝餉を食す。

真佐智は今朝も飯を炊かせてもらった。

昨夜の飯は、炊き方はうまくいった。しかしすこしべたついたので、今朝は水加減を減らしてみた。炊きあがった飯は、今度はすこし強い感じになってしまったが仕方ない。

真佐智は竹の皮を二枚持ち出し、塩をまぶした。そこに炊《た》きたての飯を盛る。

竹の皮に盛った炊きたてのご飯は、適度に塩をまぶされ湯気を立て、つやつや光っていた。

そのまま竹の皮で包み、両掌《てのひら》ですっぽり包めるほどのまん丸にして、竹の繊維《せんい》で作った紐《ひも》で縛《しば》る。それを懐《ふところ》に隠《かく》して朝餉を済ませ、頭の小君のもとへと向かおうとした。

厨《くりや》の外で出くわした奈津に「どこへ行くんだ」と訊《き》かれたが、「ちょっと」と誤魔化《ごまか》し、足早に奈津から遠ざかる。彼が不審《ふしん》な顔をしているのはわかったが、下手な言い訳をするとさらにまずいことになりそうなので、逃《に》げた方が良さそうだった。

馬を借りて向かったのは、斎宮近くの集落。

昨日、茅は斎宮寮の内部に通されていた。門部司も、身元のはっきりしない子どもを入れるわけがない。そう思って門部司に問い合わせると、しっかり茅の村の名前も身元引受人も確認《かくにん》していたので、家を探すのは簡単だった。

小さな板葺《いたぶ》きの家々が、ぽつぽつと田圃の隙《すき》を埋《う》めるように集まっている中の一軒《いっけん》が、茅の家だ。人影《ひとかげ》はなく、家の正面には、手入れの行き届いていない荒《あ》れた畑が広がっていた。一部分、申し訳程度に草が引き抜《ぬ》かれた場所があり、そこにごちゃごちゃと、野菜の苗《なえ》が植え込まれていた。湿《しめ》った土のにおいが濃《こ》い。

馬を下りると、懐の竹の包みに触《ふ》れる。最初ほかほかしていた包みはもう冷え切っていたが、竹の香《かお》りがほんのりする。

引き返すべきか、と思った。自分がやろうとしていることは、けして良いことではないのだ。ここまで来たことを後悔《こうかい》しかけたそのときに、元気な声が背中に当たった。

「お兄ちゃん！」

ふり返ると、茅が水桶《みずおけ》を抱《かか》えて、畦道《あぜみち》を駆《か》けてくるのが見えた。全速力で走っているので、桶の水が跳《は》ね回り、半分こぼれてしまっている。

「わぁ、わぁ、お兄ちゃんだ！　どうしたの、お兄ちゃん。近くに来たの？　散歩？　お遣《つか》い？」

声を弾ませた茅は桶を足元に置くと、嬉《うれ》しさのあまりにか、ぴょんぴょん跳ねる。

（こんな素直《すなお》な子を、意味もなく待たせては駄目《だめ》だ。わたしが待たせちゃ、駄目だ）

意を決し、真佐智は懐に入れてあった竹の皮の包みを取り出す。茅の前にしゃがむと、彼女に差し出した。

「これを茅に持って来たんだよ。茅。これは……御食《みけ》だよ」

竹の皮の包みをきょとんと見おろした茅は、すぐに「え⁉」と声をあげ、まん丸な目で真佐智を見つめた。

「神様の食べ物⁉」

「そうだよ。手に入ったんだ。だから、茅にあげようと思って持って来た」

「くれるの？　本当に、くれるの？」

「どうぞ」

「ありがとう‼」

差し出された小さな包みを、茅は大切そうに両手で受け取り、「わぁ！」と叫《さけ》んで、二度ほど跳ねた。

「ありがとう、ありがとう。お兄ちゃん！　お父さんに見せてくる」

「行っていいよ。わたしは急ぐから、もう帰るけど」

「ありがとう、ありがとう！」

家の戸口まで駆けて行った茅は、そこで何度も手を振《ふ》ってから中へと飛びこんだ。笑顔《えがお》でそれを見送った後、真佐智はあまりの息苦しさに顔をしかめた。

(嘘《うそ》をついた。騙《だま》した)

深い考えもなく安易に希望を持たせ、いじらしく待とうとしている姿を見せられ、自分がどれほど考えなしに残酷《ざんこく》な約束をしたのか知った。そしてそれを終わらせるために、騙した。

ただこれで茅は、意味のない希望を待ち続けずに済む。そのために嘘をつこうと決意したが、嘘でもせめて、すこしでも本当に近づけたかった。

あれは美味宮が作った御食ではないが、一年後に美味宮になれるかもしれない真佐智が炊いた飯。嘘だとしても、自ら作ったものを渡《わた》すことで、少しでも本当に近づけた。

(美味宮は霊力《れいりょく》があるわけじゃない。ただ美味《おい》しい食べ物を作るだけだとしたら、茅に渡したものは、美味宮が作る御食と差はないはず。美味宮にも御食にも、力なんてないんだから)

自分に対して必死に言い訳をするのだが、嘘は嘘。そのことは、はっきりわかっていた。

最後には言い訳も心の中で萎《しぼ》む。そして薄暗《うすぐら》い心の底に、ころりと転がったのは自己嫌悪《けんお》の硬《かた》くて黒い、小さな固まり。

(最低だ、わたしは)

何かしてあげたいと思った気持ちは本物だったのに、騙すことしかできなかった。立ちあがって馬の轡《くつわ》を取り歩き出そうとしたとき、家の中から老婆《ろうば》が出てきた。茅が言っていた、薬師《くすし》の婆《ばあ》さんだろう。薬師が来ているということは、父親の容体はかなり悪いはず。薬師は頭を下げるでもなく、声をかけるでもなく、真佐智を見ている。その目に責められている気がした。薬師に小さく頭を下げてから馬に跨《また》がった。力一杯《ちからいっぱい》馬の腹を蹴《け》って、駆け出す。

真佐智の胸の隅《すみ》には、しこりのように罪悪感が居座った。

あんなことをするべきではなかったという思いと、ああしなければならなかったという思いがせめぎ合い、結局最後は、あの夜の河原で、自分が茅とした安易な約束を激しく後悔した。

後悔してもしなくても、日々はきちんと過ぎていく。日はどんどん長くなり、一斉《いっせい》に春の花が咲《さ》き揃《そろ》い、日中は汗《あせ》ばむほどの陽気になる日も増えてきた。

真佐智はすっかり、厨で働く連中の飯を炊く係にさせられていた。毎朝、毎夕、飯を炊き続けていると、それなりに水加減も火加減も吞《の》みこめてきた。米が変わると、二、三度は強《こわ》かったりべたついたりするのだが、その後は良い具合に炊ける。

そんなある日、朝の仕事が終わり夕餉《ゆうげ》の準備までの間、一息ついたときだった。

門部司から、真佐智に客だと遣いが来た。美味宮候補である真佐智への客は冬嗣を通すことになっているはずだったので、直接門部司の者が来たのに驚《おどろ》いた。理由を問うと、以前にも会った客だから、二度目は冬嗣を通す必要がないというのだ。しかも客人は斎宮寮に入らず、門前にいるらしいので、門部司も手順を簡略化したらしい。

二度目の客と聞いて、真佐智は駆け出した。

（茅だ）

なぜ茅が真佐智を訪ねてきたのか、不安になる。約束もないのにやって来たのは、何か悪いことでもあったのだろうか、と。それで真佐智を頼《たよ》ってきたのではないか。

大門は開いていたので、真佐智は門番に声をかけて、自分への客人はどこかと訊いた。門番が「あそこです」と指さしたのは、斎宮寮を囲う白い板塀《いたべい》の足元。

その辺りは板塀の修復の最中らしく、ごたごたと板きれが立てかけてあった。板塀自体も歯《は》抜《ぬ》けになっていて、塀の中にある建物の壁《かべ》が見えていた。

茅はその修復中の板塀の根元に群れ咲いている、蒲公英《たんぽぽ》の前にしゃがみ込んでいた。白い綿毛に、ふうふう息を吹《ふ》きかけている。茎《くき》を折らずにいることに、優《やさ》しさが見えた。

「茅！」

あがった息を整えながら呼ぶ。顔をあげた茅は、立ちあがると早足に駆け寄ってきた。

「お兄ちゃん！」

その笑顔の明るさに安堵《あんど》した。

「茅。何かあったの？　でも、良かった。元気そうだね。わたしにとっても、ちょうど良かった。茅に打ちあけたいことが、ずっとあって」

嘘をついたことへの罪悪感が、日に日に大きくなっていた。茅が訪ねて来てくれたのは、その嘘を清算するための良い機会だと思えた。しかしまず、なぜ茅が来たのかが気になった。

「でも、わたしのことは後でいいよ。茅はなんで、今日来てくれたの？」

「うん。遠くへ行くことになったから、その前にお兄ちゃんにお礼を言いに来た。茅ね、薬師のおばあちゃんの家へ行くんだ。伊那から歌伊《うたい》へ移るから」

そう言って茅が、道を隔《へだ》てた雑木林の木陰《こかげ》へと目を向けた。そこには茅の家で目にした、薬師の老婆が座っていた。彼女は真佐智と目が合うと、微《かす》かに頭を下げる。

「どうして、薬師のお婆さんと歌伊へ行くなんてことに？」

茅の顔から、ふっと明るさが消えた。

「お父さん、死んだから。お兄ちゃんが来てくれた日の、翌々日に」

小突《こづ》かれたような衝撃《しょうげき》を受けた。予期していたことだが、何もできなかった自分が虚《むな》しくなる。顔も知らない人だが、その死を知って心が痛むのは、残された茅の気持ちを思うからだ。

「……残念だったね」

気のきいた言葉が見つからず、そんなことしか言えない。茅は、真佐智の水干の袖《そで》を握《にぎ》った。

「でもね。ありがとう、お兄ちゃん。それを言いに来た」

茅は真っ直《す》ぐ真佐智を見上げる。

「お父さんね、お兄ちゃんのくれた神様の食べ物を食べたよ。それでね、そのときは痛いのが治まったんだ。ずっとずっと痛がってたから、ちょっとでも痛くなくなって、嬉しかった」

「え、でも」

そんなはずは、ない。あれは美味宮《うましのみや》が作った御食ではないし、仮に御食だったとしても、そんな効能はないはず。そう言おうとしたが、かろうじて呑みこむ。

「そのときね、お父さんが『茅』って呼んで頭を撫《な》でてくれて、ありがとうって言ってくれた」

そんなはずがあるわけないと、言葉が頭の中で反響《はんきょう》する。茅は、明るい笑顔を再び見せる。

「茅が大神様にお祈《いの》りしたから、お兄ちゃんに会えたんだよね。茅はお父さんを、ちょっと助けられたんだよ」

誇《ほこ》らしげな言葉が、胸に痛い。父のために自分が何かできたこと、それが、父を失った茅にとっての支えなのだ。父を失ったが、自分は父の役に立った。父のために何かできた。その思いがあれば、哀《かな》しみはわずかでも和《やわ》らぎ、笑顔になれる縁《よすが》になる。

真佐智が渡したものが、役に立つはずはない。ただ、そんなことを告白しても、茅の満足感を奪《うば》うだけ。どうして茅の父親が、真佐智の渡したものを食べて、ひとときでも痛みが消えたのかはわからない。けれど。

（ついてしまった嘘ならば、つきとおすべきなんだ）

自分の罪悪感で、「そんなはずはない。わたしは嘘をついていた」と許しを請《こ》うのは、自分の気を軽くしたいだけの自己満足だ。それよりも、罪悪感いっぱいのまま、茅の誇らしさを見守っているべきだ。

「茅の祈りは、届いたんだね。すごいよ、茅」

すごいね、と。茅は初対面のときに言ってくれた。それがなぜか嬉《うれ》しかったから、真佐智もそう返した。すると彼女は、うんと強く頷《うなず》く。

「うん、お祈りして良かった。それで、お兄ちゃんの打ちあけたいことって、何」

「ごめん。言うことを忘れた。大したことじゃないから、きっと。気にしないで」

茅は、きゃらきゃら笑った。

「お兄ちゃん、薬師のお婆ちゃんみたい。お婆ちゃんもよく、何を言おうとしてたか、忘れたっ！　て言うよ」

「薬師のお婆ちゃんと暮らすの？」

「弟子《でし》がいないから、弟子にしてくれるんだって」

「そうか。じゃあ、茅は薬師になるんだ。きっとすごい薬師になるね」

「なるよ」

迷いなく、茅は真っ直ぐな言葉で言った。

木陰で休んでいた薬師が立ちあがり、二人に近づいてきた。軽く真佐智に黙礼《もくれい》すると、茅の頭をぽんと叩《たた》き、自分が今まで座っていた木陰の方を指さす。

「それ、茅。あそこにある荷物をお持ち。出発するよ」

「はぁい」と返事して木陰へ駆《か》けて行く茅を見つめながら、薬師は言う。

「長年薬師をしていると、人の気の持ちようや、思い込みや、そういったものが大切なんだとわかりますよ」

彼女は茅の様子を見つめていて、真佐智の方を見ようともしないが、言葉は真佐智に向けられている。何を言い出したのかわからず、さりとて、薬師がこちらを見ようともしないので
「なんのことですか」と問える雰囲気《ふんいき》でもない。戸惑《とまど》う彼をよそに、薬師は淡々《たんたん》と続けた。

「これは、良い薬だ。有り難《がた》い食べ物だ。そう言われて、そう思い込んで口にすれば、けろりと痛みが止まることもあります、不思議なことに。ただ長続きするものじゃあ、ありません。でもねぇ、ずうっと痛めつけられている者にとっては、その一瞬《いっしゅん》も救いだったりしますよ」

(そうか。わたしがあげたものを食べて痛みが消えたのは、思い込み。それが神様の食べ物だって、茅が信じて父親に渡《わた》して、父親も茅が信じていることを信じたから)

薬師が、ようやく真佐智の顔を見る。

「国護大神《くにまもりのおおかみ》に捧《ささ》げられる御食《みけ》が、徒人《ただびと》の手に渡ることはありえん」

低い声でずばりと言われ、言い訳も誤魔化《ごまか》しもできないと覚悟《かくご》した。

「……わたしが渡した御食は」

告白しようとした。しかしそれを遮《さえぎ》るように、薬師は口を開く。

「じゃが、ひょんなことというのは、あったのかもしれませんなぁ。ありえないことに、何かの偶然《ぐうぜん》で、御食が手に入るようなことが」

告げるなと、薬師《くすし》が命じた気がした。この嘘《うそ》は、このままにしておけと。真佐智ははっと口を閉《と》ざす。薬師は皺《しわ》深い目元にさらに深い皺を刻み、笑う。

「茅は、立派な薬師になりましょう」

では、と呟《つぶや》くように言うと、背を見せ茅の元へ行く。「行くぞ」と促《うなが》すと、茅は元気に荷物を背負い、真佐智に向かって大きく手を振《ふ》った。真佐智も振り返した。

曲がった腰《こし》を庇《かば》いながら薬師が歩き出すと、その隣《となり》を茅がさっさと頼《たの》もしい歩調で歩く。茅はふり返らなかった。細く小さな背中は、しゃんと伸《の》びている。

茅の父の痛みが消えたのは、口にしたのが、霊験《れいげん》あらたかな神の食べ物と思っていたからだ。思い込みでも痛みが消える、人の心の不思議を思う。

心と体は不可分だとしたら、そんなこともあるのかもしれない。

では心が癒《い》えれば体も癒えるし、逆に体が癒えれば心も癒えるかもしれない。

(そうか。そういう理屈《りくつ》かもしれない)

美味宮には霊力《れいりょく》がないと、奈津は言った。ただ美味《おい》しい食べ物を作るだけなのだと。美味しいものを食べて神も斎王も鎮《しず》まるのは、きっと同じ理屈なのだ。

そのとき、それを口にする人のことを思い、相応《ふさわ》しい美味しいものを饗《きょう》すれば、人は救われ、癒やされ、力を得られるのかもしれない。

それは霊力などという胡乱《うろん》なものに頼《たよ》るのではなく、人を思って技《わざ》を尽《つ》くすことによって可能になるのではないか。それこそが美味宮の存在意義で、力ではないのか。

食べる人を思い技を尽くす炊部司の者たちよりも、さらにもっと深い洞察《どうさつ》と共感の力で必要なものを見極《みきわ》めることが、美味宮には求められるのではないだろうか。だからこそ炊部司の連中は、美味宮を大切にするのだろう。

(もしそうなら、大変なお務めだ。神と斎宮《さいぐう》様のことのみを常に思い、考え、観察し、お気持ちを察し、それを慰撫《いぶ》する食を饗するなんて)

料理の技量だけが求められるのではないとすれば、本当の意味で美味宮らしくなるのには何年を要するのだろうか。けれど。

(もし、わたしが本当の意味で美味宮になったら、今度こそ嘘じゃなく、何かができるのか？)

そんな気もした。

「嘘ついてごめん。茅」

聞こえないのを承知で、小さく詫《わ》びた。

「そういうことか。馬鹿《ばか》だな、おまえ」

背後から声がしたので、飛びあがった。ふり返るとそこに、不機嫌《ふきげん》そうな奈津がいた。

「奈津!?　どうして、ここに。びっくりした」

「おまえが血相変えて飛び出すから、こっちの方が驚《おどろ》いた。追いかけてきたら、この前、おまえを訪ねてきた子が来てる。何するつもりかと思って、板塀《いたべい》を内側から回り込んで外へ出て、そこの材木の陰《かげ》で様子を見てた」

茅の言葉も薬師の言葉も、奈津は聞いただろう。奈津ならばその会話から、真佐智がやったことを察したはず。だから馬鹿と言ったのだ。

自分がした安易な約束の結果、嘘までついた。しかも美味宮の名を利用した。そのことを奈津が、責めないわけがない。

ただ自分がしたことの愚《おろ》かさはわかっているから、言い訳はするまいと思い、身構えた。どんな罵倒《ばとう》も受けとめようと。しかし。

「さっさと帰るぞ。夕餉《ゆうげ》の準備までに、体を休めろ」

それしか言わず、奈津はきびすを返す。

「え？　奈津」

一言も非難しない奈津に驚き、真佐智は慌《あわ》てて彼に追いつき並ぶ。

「わたしのしたこと、わかってるよね」

「急に飯を炊《た》くと言い出した理由は、わかった」

「なんで怒《おこ》らないんだ。わたしは嘘をついたんだ」

「最後に、すこしでも、できることがあった。そう思わせてもらえるなら、俺は――それが嘘でもいい」

その声が切なげに聞こえ、真佐智は奈津の横顔を見る。いつものように、意志の強そうな横顔がそこにある。彼は、自嘲《じちょう》するような笑《え》みを口元に浮《う》かべた。

「できるなら父君が死ぬ前に、すこしでも労《いたわ》りをさしあげたかった。俺はできなかったが、あの子は運がいい。無駄《むだ》を承知で、俺も祈《いの》ればよかったかもな」

「亡《な》くなったのか？　奈津の……」

と言いかけて、奈津が「父君」と口にしたことに違和感《いわかん》を覚える。庶民《しょみん》が使う言葉ではない。

「奈津の父君は、どんな人だったんだ」

あえて真佐智が父君という言葉を使ったことで、奈津は自分がうっかり使った言葉に気がついたらしい。一瞬、しまったというような顔をしたが、すぐに観念したように口を開く。

「歌伊国の受領《ずりょう》だった。解任され、病を得て死んだ」

受領とは、地方の国を治める国司《くにのつかさ》と呼ばれる官人の中で、最高責任者を務める者。朝廷《ちょうてい》から派遣《はけん》され、その役目は主に税を集めること。朝廷が定めた税を集められれば、毎年、解由状《げゆじょう》が渡され引き続き受領の任につく。しかし規定の徴税《ちょうぜい》ができなかった場合は、解任となる。それ以外にも何か不祥事《ふしょうじ》を起こせば、解任されるはず。

（受領の位は従《じゅ》五位上の殿上人《てんじょうびと》。だから寮頭《りょうのかみ》の姫君《ひめぎみ》、頭の小君と幼馴染《おさななじ》みにもなれたんだ）

従五位上の殿上人の息子《むすこ》であれば、奈津は従八位上の位が与《あた》えられるはず。となれば炊部司においても主典《さかん》を務めるべき位。しかし奈津はその配下の炊部であり、なおかつ元服もせず幼名のままだ。そこで考えられることは、一つ。

(奈津の父君は受領を解任されただけではなく、位階も剝奪《はくだつ》された)

位階の剝奪は、よほどのことがあった場合のみだ。身の上を詳《くわ》しく訊《き》きたい気持ちがわき起こるが、硬《かた》い横顔が、これ以上問われることを拒絶《きょぜつ》していた。人には、言いたくないことがあるものだ。真佐智にしても、父親の流罪《るざい》の経緯《いきさつ》など根掘《ねほ》り葉掘《はほ》り訊かれたくない。

「奈津」

呼びかけると彼は、何を問うつもりかと、警戒《けいかい》するような目の色になる。

「飯炊《めした》き、わたしは近頃《ちかごろ》うまくなっただろう？　そろそろ、美味宮《うましのみや》と斎宮様の飯を炊かせて」

父親のこととは違《ちが》う話題になったことに、奈津は一瞬、安堵《あんど》の表情を見せたが、

「ぜんぜん、うまくない」

と、遠慮《えんりょ》なく言ってくれる。

「意地が悪いな」

「意地悪じゃない。俺は、本当のことを言うだけだ」

「じゃ、言い直す。無神経だな」

言い合いながらも真佐智は、奈津の父親の話題を自然に終わらせられたことに、どこかほっ

としていた。

一日の仕事が終わると厨《くりや》で働く者は毎夕、井戸端《いどばた》で体を洗う。ずっと厨にいるので煤《すす》で体が汚《よご》れるし、汗《あせ》もかくからだ。食べ物をあつかうのだから、清潔を保つことが日課の中に組み込まれている。冬場は湯を沸《わ》かして使うが、晩春から秋の初めまでは、井戸水で身を清める。奈津をはじめ、誰《だれ》もが遠慮なく上半身裸《じょうはんしんはだか》になり水をかぶる。豊富に使える水にはしゃぎ、厨の者たちは時に悪ふざけをする。

真佐智は最初、大勢の前で肌《はだ》を見せることに抵抗《ていこう》があった。しかし、もじもじしていると、「お姫《ひめ》さん、恥《は》ずかしいのか」とからかわれたので、意を決して脱《ぬ》いだ。

一度脱ぐとあとは慣れで、平気になった。

しかしやはり育ちの良さは隠《かく》せず、人に背を向けて体を清める。今日も背中越《ご》しに、わいわい騒《さわ》ぐ連中の声を聞きながら、手ぬぐいで丹念《たんねん》に肩《かた》から腕《うで》を拭《ふ》いていた。

すると突然《とつぜん》、誰かがふざけて背後から水をぶっかけてきた。ひやっと全身が冷え、しかも頭まで濡《ぬ》れ、顎《あご》から水が滴《したた》る。手ぬぐいを握《にぎ》りしめ、きっとふり返る。

「誰だ！　こんな幼稚《ようち》な悪ふざけする、すかすか頭は！」

「あ、俺。すかすか頭は、俺」

井戸の傍《かたわ》らで、片手に桶《おけ》を抱《かか》え、ひらひら手を振《ふ》っているのは冬嗣だった。

一瞬《いっしゅん》、青ざめた。冬嗣を、すかすか頭と罵《ののし》ってしまった。

奈津は呆《あき》れ顔で「関《かか》わりたくない」と言いたげに、知らん顔して体を拭いている。周りの連中は、冬嗣の悪戯《いたずら》に目を丸くしていた。

「え、いや。今のすかすか頭というのは、冬嗣に言ったわけではなく」

しどろもどろに言い訳しようとするが、言われた本人は気楽そうな返事をする。

「大丈夫《だいじょうぶ》、大丈夫。怒るのわかってやったから、聞かなかったことにする。驚《おどろ》いた？」

「なんですか、いったい……。わたしを、ただ驚かしたかったんですか？」

その場に崩《くず》れ落ちたいような、脱力感《だつりょく》に襲《おそ》われる。

「いや～。あんまりにも真っ白い背中だったから、つい」

「ついって、なんのつい、ですか。そもそも、どうして炊部司にいるんですか」

「君に文《ふみ》が届いたんだ。それを持ってきた。ほら」

濡れ鼠《ねずみ》の真佐智は、冬嗣が懐《ふところ》から取り出した文を受け取れず困った。すると奈津が、乾《かわ》いた布を放《ほう》って寄こしてくれた。ありがたく受け取り、軽く体を拭いてから文を受け取る。

冬嗣は本当に文を届けに来ただけらしい。文を渡《わた》すと桶を置き、「じゃあな」と言って、さっさと帰ってしまった。

「まったく、あの人。何考えてるんだか」

ぶつくさ言いながら、渡された文に目を落とした瞬間《しゅんかん》。心の臓がどきんと大きく鳴った。

文を包む紙に書かれた真佐智の名。その手蹟《しゅせき》には覚えがあった。

(父君)

自分と切り離《はな》したいと願っている、父からの文。しかも一年半以上ぶりだ。動揺《どうよう》が顔に出てしまったのか、奈津が眉《まゆ》をひそめて問う。

「どうした。誰からの文だ」

真佐智は、笑顔を作る。

「なんでもない。ただの、知り合い……知り合いからの文で……なんでもない」

うまく笑えた自信がなかった。その証拠《しょうこ》に奈津は、さらに不審《ふしん》げな表情になる。

それ以上問われるのが嫌《いや》で、皆《みな》に背を向けて寝所《しんじょ》へ向かった。寝所に入ると衣装箱を開け、文を放りこむ。蓋《ふた》を閉め、そこから化け物が出るのを防ぐように両手を添《そ》え、じっと耐《た》えた。

(今更《いまさら》、なんで文なんか送ってくるんだ。あれだけ放っておいて、今更)

文など、見てやるものか。心が、頑《かたく》なに拒絶した。どうせそこに書かれているのは、薄《うす》っぺらいご機嫌《きげん》うかがいの言葉とか、軽い歌とか、そんなものだろう。

そんなものを読まされたら、父への軽蔑《けいべつ》が今以上に、取り返しがつかないほど膨《ふく》れあがる。憎《にく》しみにすら、なりかねない。そして微《かす》かに残っている父に対する親しみさえも、搾《しぼ》り取られるように自分の中から消え失《う》せてしまう。それは、愉快《ゆかい》なことではない。

夕陽《ゆうひ》が蔀《しとみ》から斜《なな》めに射《さ》しこみ、真佐智の影《かげ》は床《ゆか》に長く伸《の》びた。外では、厨の連中がはしゃぐ声が響《ひび》いていた。裸の肩に衣《きぬ》をひっかけただけだったが、寒くはなかった。

もうすぐ、夏が来る。

三帖●猫

一

みぎゃー!!　と猫《ねこ》の悲鳴があがる。

「捕《つか》まえた！　捕まえたぞ、犯人！」

散々、頬《ほお》や手を引っ掻《か》かれながらも、真佐智は一匹《いっぴき》の三毛猫《みけねこ》をしっかりと抱えた。

厨から飛び出してきた奈津たちが、「逃《に》がすなよ」と命じるのに必死に頷《うなず》く。言われなくとも逃がすものかと、激しくうねる毛皮を押さえこむ。

麻袋《あさぶくろ》を持った二人が、厨の裏手から駆《か》けてきた。彼らは真佐智の腕の中で暴れる三毛猫の首根っこを押さえ、麻袋に突《つ》っこんだ。口を縛《しば》ると、麻袋がみぎゃみぎゃ喚《わめ》きながら、地面の上を這《は》いずり回る。

乱れた呼吸を整え、額の汗を拭《ぬぐ》いながら、真佐智をはじめ、奈津も厨の連中も麻袋を取り囲み、どう料理してやろうかと言いたげに目をつり上げていた。

今朝、美味宮のために朝餉《あさげ》を作り、それが宮掌《くじょう》の手で運び出された後だった。

朝の仕事が一段落つくと、厨の者たちは朝餉にありつける。献立《こんだて》は当番が準備した、炊《た》きたての玄米《げんまい》に胡麻《ごま》をふったものと、香漬《かおりづけ》。細かく刻んだ青菜の味噌汁《みそしる》、焼きたての干し魚。

この干し魚を、誰もが楽しみにしている。そのときによって魚の種類は違うが、前日手に入れた魚を自分たちの手で開き、ほどよく塩をきかせて一昼夜干す。すると適度に水分が抜《ぬ》け表面が軽く乾燥《かんそう》し、身が旨《うま》みを増して、一夜干しとなる。今日の魚は鯵《あじ》だった。鯵は炭で焼き上げると、身が大きくほろりとほぐれ、脂《あぶら》がしっとりして、旨みが強くなる。全員の大好物だ。

しかし仕事を終えて朝餉の場に向かったら、狸《たぬき》のように大きな三毛猫が、彼らの膳《ぜん》を荒《あ》らしていたのだ。当番が目を離した隙《すき》に上がりこんだらしく、三毛猫は鯵の一夜干しばかりを食い散らし、のうのうと最後の一匹の頭にかじりついていた。

全員、怒《おこ》った。彼らの怒声《どせい》と殺気に怯《おび》えた猫が建物の外に飛び出したので、履《は》き物を脱いでいなかった真佐智が一番に猫を追った。

見事捕獲《ほかく》したのは、さすがに自分でも誇《ほこ》らしい。

「どこから斎宮寮《さいぐうりょう》に入り込んだんだ、この猫」

鯵の恨《うら》みと睨《にら》みつけた真佐智に、奈津が渋《しぶ》い顔で答える。

「入り込んだんじゃ、ないかもな」

「どういう意味？」

そのとき、厨から一人飛び出してきた。

「奈津、大変だ!! 斎宮《さいぐう》様に献上《けんじょう》された美味茸《うましだけ》も、やられてる」

叫《さけ》んだ彼の手には、つやつやした薄茶《うすちゃ》の平たい笠《かさ》が美味《おい》しそうな茸《きのこ》が数本、握られていた。

しかし茸の笠や軸《じく》は、無残に齧《かじ》り取られている。鋭《するど》い歯でがつがつと齧り取ったような痕跡《こんせき》は、猫の仕業《しわざ》に違《ちが》いない。

無残な美味茸を見て、真佐智を除いた全員の顔が強張《こわば》った。

「それ、今日の夕餉《ゆうげ》に使う予定だった茸だよね。斎宮様の好物とか」

真佐智は口にしたことはなかったが、聞くところによると、その茸には、えもいわれぬ香《かお》りがあり、しゃきしゃきした食感が絶妙《ぜつみょう》らしい。

今夜の夕餉では、小さな器《うつわ》に出汁《だし》とともに入れ、軽く温めて膳に載《の》せる予定だった。出汁には香りと旨みが溶《と》けて、この世で最も贅沢《ぜいたく》をしている気分になるという。

「好物じゃねぇよ。大好物だ」

と誰《だれ》かが恐《おそ》ろしそうに呟《つぶや》くと、皆が一斉《いっせい》に口を開く。

「美味茸が献上されたら、朝には美味宮《うましのみや》が作った御食《みけ》でそれを楽しみ、夕餉には俺たちが作った分を楽しむことになってんだ。これを朝の御食で食った斎宮様は、もう一度夕餉にそれが出ると思って、大いに楽しみにしているはずだ」

「これが食えないとなると、斎宮様が怒《いか》り狂《くる》うぞ。恐ろしい。どうする」

恐ろしい、恐ろしいと皆が無闇《むやみ》に怖《こわ》がる。大げさと思った真佐智は、提案した。

「膳部司《かしわでべつかさ》にお願いして、急いで再度調達してもらえば良いだけじゃない？」

膳部司は、斎王《さいおう》を含《ふく》めた、斎宮寮内で消費される食材を調達する役所だ。

真佐智の言葉に奈津は首を横に振り、ますます苦い顔をする。

「無駄《むだ》だ。簡単に手に入るものじゃない。斎宮寮で美味茸が手に入るのは、年に一度だけだ。伊那《いな》連山の獅子《しし》ヶ峰《がみね》にある村から、この時季に献上されるしかない。獅子ヶ峰の地元の者でなければ、美味茸を探し出すのも難しいらしい」

「だったら、獅子ヶ峰まで行って地元の人に請《こ》い願わないと、もう手に入らないってこと？そんなの、現実的じゃない。となるとわたしたちは猫のせいで、斎宮様から叱責《しっせき》を受けるのか？」

「そうなる。けど俺たち以上に、叱責されるべき者がいる。その人に責任を取ってもらう。麻袋を持って一緒《いっしょ》に来い」

顎《あご》をしゃくって真佐智に命じると、奈津は残りの連中に言った。

「朝餉は食っとけ。始末は俺と真佐智でつけてくる」

暴れる麻袋を肩《かた》に担《かつ》いだ真佐智は、首を傾《かし》げる。

「なんで奈津とわたしで、かたを付ける必要が？」

「俺は炊部《かしべ》で、厨《くりや》のこと全《すべ》てに責任がある。そしておまえは、今は役立たずでも一年後には美味宮だ。いちおう、あの人に対して一文句言える立場だ。来てもらう」

「誰？　あの人って。まあ、行くのはかまわないけど、役立たずは余計だ。で、どこへ？」

「行けばわかる」

大股《おおまた》で歩き出した奈津に、真佐智は従った。麻袋は、みぎゃみぎゃ激しく暴れている。

(あの厳《おごそ》かで冷ややかな気配の斎宮様に叱責されるなんて、最悪だ。あの文《ふみ》を受け取ってから、ろくなことがない)

内心愚痴《ぐち》った真佐智は、寝所の衣装箱に入れたままになっている、一年半以上ぶりに届いた父の文のことを思う。文は、十日ほど前に真佐智の手に渡ったが、開いてもいない。これから読むつもりもない。

(あんなもの、早く焼き捨てないと)

変に気になってしまうので、さっさと処分してしまいたかった。しかし忙《いそが》しさに取り紛《まぎ》れ、処分の機会を逸《いっ》している。そう――文を処分する暇《ひま》もないほど、自分は忙しいのだ。それが言い訳めいているのは、薄々《うすうす》自分でも気がついていた。

斎宮寮は、斎王が住まいする内院と、神職が住まう中院、そして十二司《じゅうにし》の役人たちが住まう外院とで構成されていた。真佐智たち炊部司《かしべつかさ》も十二司の一つなので、もちろん外院にある。

奈津は真佐智を連れて中院へ向かった。

北から南へ、斎宮寮内を東西に二分する幅広《はばひろ》の通路を北上し、中院の門を潜《くぐ》る。

神職たちが働く主神司《かんつかさ》が中院の東にあり、西側には神職たちが寝起《ねお》きする、檜皮葺《ひわだぶ》きの建物が並ぶ。炊部司の真佐智たちが寝起きする建物は、板葺《いたぶ》き屋根だ。建物の様式の違いから、斎宮寮内での神職の格の高さが窺《うかが》える。

西の奥まったところにこぢんまりした建物があり、周囲に巡《めぐ》らせた透垣《すいがい》越しに、階《きざはし》と簀子縁《すのこえん》が見えた。そこに意外な人の姿を見て、真佐智は驚《おどろ》く。

「あれは頭《かみ》の小君《こきみ》？　こんなところにも来てるんだ」

階に座って何やら嬉《うれ》しそうに話をしているのは、いつも真佐智を気にかけてくれる寮頭《りょうのかみ》の姫《ひめ》君《ぎみ》。奈津が、呆《あき》れたような顔をする。

「あいつは斎宮寮の中とあれば、ふらふら、あちこち顔を出すぞ。あいつこそ猫《ねこ》みたいなものだ。暇に任せてするりと人に近づいて、無駄話をするのが大好きだ」

「へぇ、愛嬌《あいきょう》があるんだね」

「ありすぎて鬱陶《うっとう》しい」

奈津は、「あいつと、会わなきゃならないのか」と、迷惑《めいわく》そうだ。幼馴染《おさななじ》みだからこそ、親しすぎる煩《わずら》わしさというものがあるのだろうか。

「まさか責任のある誰かって、頭の小君のこと？」

「違う、あっちだ」

奈津が目顔で示したのは、階近くの簀子縁。そこに座って笑顔《えがお》全開なのは、小宮司《しょうぐうじ》の正親町冬嗣。頭の小君が中院にまで遠征《えんせい》しているのは驚きだったが、それ以上に驚いたのは冬嗣の格好だ。

「猫まみれ……」

あぐらをかく冬嗣の膝《ひざ》には、白黒斑《ぶち》と茶虎《ちゃとら》の猫が丸まっており、右肩《みぎかた》の辺りには腕白《わんぱく》そうな雉猫《きじねこ》がぶら下がってよじ登ろうとしているし、左袖《そで》の紐《ひも》には、白い仔猫《こねこ》がじゃれついている。

その他《ほか》にも、冬嗣に寄り添《そ》うようにして数匹《ひき》の猫が丸くなっている。

よく見ると頭の小君も、階に寝《ね》ころぶ黒猫《くろねこ》を撫《な》でていた。

「小宮司は猫好きで有名だ。次から次へと猫を拾ってきて、結局、ああなってる」

「じゃあ、もしかしてこの三毛猫《みけねこ》は」

「十中八九、小宮司の猫だ」

「それなら、責任取ってもらわないと！　冬嗣！」

透垣を回りこむと庭に踏《ふ》みこみ、簀子縁へと近づいた。冬嗣は「おや」と首を傾げ、猫を退《ど》かせて立ちあがってから階を下りてくる。頭の小君は真佐智の姿を見て微笑《ほほえ》みかけるが、一緒にいる奈津と目が合うと、ちょっと口を尖《とが》らせて、いけ好かないと主張するような顔をした。

「おやおや、二人そろってなんの用だい？」

呑気《のんき》な冬嗣の前に、真佐智は暴れる麻袋《あさぶくろ》を突《つ》き出した。

「この中をご覧ください」

冬嗣は受け取った麻袋の口を開き、「おっ、チビじゃないか」と言って三毛猫を抱《だ》き上げた。

（チビ!?）

その名に衝撃《しょうげき》を受ける。狸《たぬき》並みの巨大猫《きょだいねこ》に、チビ。おそろく、かつてはチビだったのだろうが、もはや冗談《じょうだん》でしかない。

「この子は、昨夜から姿が見えなかったんだ。連れてきてくれたんだな、ありがとう」

「ありがとうじゃ、ありません。その猫が炊部司の厨に入り込んで、斎宮様のために用意されていた美味茸を台無しにしたんです」

一瞬《いっしゅん》だけ、笑顔のまま冬嗣は硬直《こうちょく》した。黙《だま》って聞いていた頭の小君も、ぎょっとした表情になる。しかしすぐに冬嗣は、ははっと軽く笑う。

「それは困ったなぁ。斎宮様の好物を、チビがねぇ。うん」

頭の小君の方が慌《あわ》てたようで、冬嗣の袖を摑《つか》む。

「それは大変ですよ、小宮司！　斎宮様は、食べ物にやたら執着心《しゅうちゃく》がおありなんですから。早くご報告とお詫《わ》びに行かないと」

「うん、当然、斎宮様にお詫びしなきゃならないが。『今夜は美味茸だわ』と内心待ちわびていらっしゃるところに、俺の猫が食いましたと言ったら……精神的に滅多打《めったう》ちにされるなぁ」

「当然でしょう」

と、奈津はさらりと冷たいことを言う。しかしこの場合、真佐智も大きく頷《うなず》いていた。

「ああ、チビ。おてんばさんなんだからなぁ、まったく」

巨大な三毛猫の背中に顔を埋《うず》めて冬嗣がぼやくと、三毛猫は、びゃおーんと濁声《だみごえ》で鳴く。冬嗣は猫の毛の間からこちらを見て、にやりとする。

「でも大切な美味茸を、猫に荒《あ》らされる場所に置いていたのも、不注意だよねぇ。君たちにも責任の一端《いったん》はないか？」

真佐智と奈津はちらっとお互《たが》いを見たが、二人とも言葉に詰《つ》まった。その通りだ。

「これから斎宮様にお詫びに行くが、君たちも一緒に来い。俺一人怒《おこ》られるのは、嫌《いや》だ。ついでに頭の小君も一緒に行ってもらえると助かるな。斎宮様は君のこと可愛《かわい》がってるから、君の顔がそこにあるだけで、ちょっとご機嫌《きげん》が良くなるかもしれないし」

「俺と真佐智が行くのは当然としても、頭の小君は連れて行く必要ないでしょう」

奈津が反対すると、頭の小君はむっとして彼をふり返った。

「それどういう意味？　奈津は、わたしが一緒に行くのが嫌なの？」

「嫌とか良いとかではなく、ただ関係ないと言ってるだけだ」

「嫌とか良いとかじゃない？　関係ない？　そう？　じゃあ、小宮司。わたし行きます」

反抗的《はんこう》ににっこり笑って、頭の小君は冬嗣に言う。奈津が「出しゃばり」と小さく罵倒《ばとう》するが、彼女はつんとそっぽを向く。

(幼馴染みなんだから、もっと仲良くすれば良いのに)

奈津が頭の小君をそれほど煙《けむ》たがる理由がわからないし、頭の小君にしても、奈津に対しては何かと不満らしい態度を示す。

「いや、良かった。良かった。俺一人怒られずに済む。では、行こう！」

三毛猫を簀子縁に下ろすと、冬嗣は溌剌《はつらつ》と言う。


内院へ向かい取り次ぎを頼《たの》むと、斎王《さいおう》は釣殿《つりどの》で涼《すず》んでいるということだった。釣殿は、蓮《はす》が青々としている池に張り出している。そこへ向かう透廊《すきろう》に、初夏の風が吹《ふ》き抜《ぬ》ける。

斎王とは斎宮寮《さいぐうりよう》に到着《とうちゃく》したその日、御簾《みす》越《ご》しに会っただけだ。今回は正式な場ではないため、斎王と直接対面するという。真佐智も奈津もまだ元服前ということで、許されるらしい。

頭の小君は幼い頃《ころ》から斎王に可愛がられており、炊部司に来るように、斎王の元へも気まぐれに顔を出して碁《ご》の相手をしているらしい。奈津も、年に数度は用事があり、お目にかかると聞いた。斎王の顔を見たことがないのは、真佐智だけ。当然、緊張《きんちょう》する。

釣殿の端《はし》に立った斎王は、こちらに背を向け池を眺《なが》めていた。冬嗣が一歩前で座し、その背後に頭の小君、さらにその後に真佐智と奈津が並んでひれ伏《ふ》した。

「突然《とつぜん》、恐《おそ》れ入ります。急ぎ斎宮《さいぐう》様にご報告すべきことが起こりましたので」

冬嗣が告げると、すらりと衣擦《きぬず》れの音がして斎王がふり返ったのがわかった。

「頭の小君も一緒《いっしょ》ね。碁の相手を探していたところだから、丁度良いわ。皆《みな》、面《おもて》をあげよ。何があったか聞こう」

顔をあげた真佐智は、斎王の姿を目にして息を呑《の》む。

（綺麗《きれい》な方）

蓮の浮《う》かぶ池を背後に、釣殿に立つ斎王の姿は、その輪郭《りんかく》がぼんやりと光輝《こうき》を帯びているように見えた。白い肌《はだ》の細面《ほそおもて》に切れ長の目、すっと通った鼻筋。やや薄《うす》いが、ほんのりと上品に色づく唇《くちびる》。艶《つや》やかな髪《かみ》。白い花模様をあしらった青い色目の珍《めずら》しい小袿《こうちき》が、落ち着いた印象をさらに強調する。その姿は、絶対に触《ふ》れてはならない一幅《いっぷく》の絵のようだ。彼女の存在は、何かの力で周囲と切り離《はな》されていると感じる。

（これほど触れがたくあるご本人は、寂《さび》しさを感じないのか？）

都では、ずっと周囲から避《さ》けられていた真佐智だからこそ、ふと気になった。

斎王とて人だ。ひと目見てこれほど「触れえぬ」と感じれば、誰《だれ》も斎王の傍《かたわ》らに親しくいられないのではないか、と。碁の相手までするという頭の小君ですら、いつもの砕《くだ》けた様子とは違《ちが》っている。彼女が舌を出す姿など、斎王は想像もできないのではないか。

世間から切り離されているのは、ひどく寂しい。それが真佐智のように忌避《きひ》された結果にせよ、斎王のように敬われた結果にせよ、同じではないか。そんな立場にいたとしても、せめて真佐智の傍らにいてくれた乳母《うば》のような存在があれば、すこしは慰《なぐさ》められるのだろうが。

（斎宮様には、そんな方がいらっしゃるのかな？　いらっしゃればいいけど）

冬嗣が微笑もうとして失敗したような妙《みょう》な顔で、口を開く。

「申し上げます。斎宮様の今日の夕餉《ゆうげ》に饗《きょう》する予定でした美味茸ですが、事故で召《め》し上がっていただけなくなりました。申し訳ございません」

斎王の美しい顔から、表情が消えた。

「なぜ？　どのような事故が」

「炊部司の厨《くりや》にあった美味茸が、食《く》い荒らされました――俺の猫《ねこ》に」

「おまえの猫？」

「はい、俺の猫です」

ははっと引きつった笑いを浮かべた冬嗣に、すうっと斎王は微笑む。その目が恐《こわ》い。

（お、怒ってる）

斎王のまとう光輝に冷え冷えとしたものが混じり、ゆらゆらと立ちのぼる。

「年に一度しかない、獅子ヶ峰の民《たみ》からの献上品《けんじょう》を損《そこ》なったと？　猫に食わせた？　おまえは民の心遣《こころづか》いを、猫に食わせたのね冬嗣」

「ええ、まあ」

斎王の目が吊《つ》り上がる。

「この、たわけ！　この一年、この日をいかに、わたしが楽しみにしていたか。朝餉《あさげ》に、美味《うましの》宮《みや》の手による美味茸の素焼《すや》きを楽しみ、夕餉には出汁蒸《だしむ》しを楽しむ一日。目覚めの後に、あのかぐわしさに迎《むか》えられ、あのかぐわしさの余韻《よいん》を感じながら眠《ねむ》る幸福に満たされるはずだった！」

ぴりぴりと池の蓮が揺《ゆ》れるほどの叱責《しっせき》に、真佐智はひっと悲鳴を呑みこんだ。奈津も頭の小君も、凍《こお》りついている。

「朝に口にしたから、なお悪いわ！　期待がさらに高まっていたのに！」

手にした扇《おうぎ》をぎりぎりと握《にぎ》りしめ、くぅっと呻《うめ》く。

（これは、夢!?）

斎王の剣幕《けんまく》に、真佐智は青ざめた。神秘的な美女が、茸が食えないと喚《わめ》いている。そんな馬鹿《ばか》なと思うのだが、実際、美しい斎王は扇を両手で握りしめ、「ああ！　無念！」とか「どうしてくれよう、この始末！」とか、天井《てんじょう》に向かって恨《うら》みごとを叫《さけ》んでいた。

その場にいる者は、石になったように硬直している。

食い意地という言葉が、失礼ながら脳内を駆《か》け巡《めぐ》った。この麗《うるわ》しき斎王は、きっと真佐智の想像を絶するほどに食い意地が張っている。

（斎宮様は、美味《おい》しいものを食べると鎮《しず》まると聞いてたけど。きっと本当だ）

国護大神《くにまもりのおおかみ》の最も近くに仕える高貴な美女が、茸が食えないと吠《ほ》えている様は、滑稽《こっけい》よりも、恐かった。しかし吠えていた斎王は、急に口を閉じると、かくりと項垂《うなだ》れた。

「しかし、言ってもせんなきことか……。食われたものは……仕方ない。……わかった。冬嗣らは下がれ。頭の小君は残りなさい。碁の相手をしてちょうだい。冬嗣が気をきかせて、おま

えを連れてきたのだろうからね」

背を向けた斎王の肩《かた》は、傍目《はため》で見てもわかるほど落ちていた。

(すごく、お気の毒な気がする)

冬嗣は神妙《しんみょう》な顔になると、「申し訳ございませんでした」と頭を下げた。それに倣《なら》い、真佐智と奈津も頭を下げると、三人そろって斎王の寝殿《しんでん》を出た。

「お許しをいただけて良かったですが、斎宮様は、食べ物に大変な重きを置かれているんですね」

内院へ向かって歩きながら、斎王との対面で一番驚《おどろ》いたことを口にする。冬嗣は苦笑《くしょう》した。

「十二歳のとき、親と離され一人伊那の地へ来られて、禊《みそ》ぎと祈《いの》りの日々だ。自由に出歩くこともできない。何も変わらない閉塞感《へいそくかん》の毎日で、変わるのは唯一《ゆいいつ》、朝餉と夕餉の献立《こんだて》だ。その変化を唯一の楽しみにしていたら、ああなってしまうんだよねぇ」

「冬嗣は、斎宮様とそのようなことを話すんですか?」

「しないけど、そのくらいわかるさ。俺は斎宮様が都から伊那へ、群行されるのに従ってきた。乳兄妹《ちきょうだい》だからな」

「斎宮様は尊いものだが、一面お気の毒な面もあるさ」

奈津がぽつりと言うので、真佐智は今更《いまさら》、本当に斎王に対して悪いことをしたと思った。冬嗣も言ったように、管理さえちゃんとしていれば猫に食われずに済んだのだ。

たか）

（あんなに、がっかりされて。もし美味茸が夕餉に出てたら、どれほど嬉《うれ》しそうなお顔をされたか）

真佐智が飯の包みを渡《わた》したことで、幸せそうに笑ってくれた茅の顔を思い出す。

（もし斎宮様があの綺麗なお顔で満足そうに微笑《ほほえ》まれたら、さぞ美しいだろうな。その笑顔《えがお》の美しさをもって国護大神に祈りを捧《ささ》げたら、国が平らぐのは、わかるような気がする）

ふっと、あの冷え冷えした美貌《びぼう》の斎王を笑わせてみたい欲求《よっきゅう》が起こる。

「何かできないかな？　例えば、そうだ。獅子ヶ峰に出かけて、その村の人たちにもう一度、美味茸をわけてもらうとか」

奈津が、驚いたように真佐智を見やる。

「どうした？　なんでそんなこと言い出す」

「斎宮様が失望したままなのが、気の毒だ。奈津はそう思わないのか」

「確かに」と呟《つぶや》いた奈津は何かを考えるように顎《あご》に手をやっていたが、しばらくして頷《うなず》く。

「馬で向かえば、明日の朝には帰れるかもな。行ってみるか？　獅子ヶ峰」

「うん、行こう」

意外にも奈津が賛同してくれたのが嬉しくて、笑顔で答える。すると冬嗣が「え～」と面倒《めんどう》そうな声を出す。

「二人が行くのならば、俺が行かないわけには、いかないじゃないか。嫌《いや》だなぁ。俺は体力仕事に向いてないんだがな」

「じゃあ、来なくて良いです」

真佐智がすぱっと言うと、冬嗣は慌《あわ》てたようだ。

「いやいや、行くよ。お姫《ひめ》さんが行くっていうのに、じゃあねと見送れない」

「誰が、お姫さんですか」

そっぽを向いて、真佐智が大股《おおまた》で歩き出すと、奈津が横に並ぶ。

冬嗣はにやにやしながら、二人のあとをついてきて、いつもの軽い調子で言う。

「獅子ヶ峰は斎宮寮《さいぐうりよう》から馬で半日だ。夕方には到着できるが、帰り道の途中《とちゆう》で日が暮れるはず。だが丁度よい所に、以前、伊那国国府の出先として使われていた屋敷跡《やしきあと》がある。そこに一晩泊《と》まれる。そこから翌朝出発すれば、朝の早いうちに斎宮寮に帰れるさ」

三人がそれぞれに準備を終え、馬部司《うまべつかさ》で馬を借りて斎宮寮を出たのは昼近くだった。

二

夕方近くに獅子ヶ峰に到着《とうちやく》し、土地の者に相談すると、美味茸はわけてもらえた。

すぐに馬を操《あやつ》り引き返したが、帰路の半分ほどの所で日が暮れた。そのあたりに冬嗣が言ったとおり、国府の出先として使われていた屋敷跡があった。茂《しげ》る麦草の穂《ほ》に足首を撫《な》でられながら、荒《あ》れた庭に馬を入れた。

「意外に、冬嗣はよくものを知ってるんだな」

奈津と一緒《いっしょ》に三頭の馬を繋《つな》ぎながら、真佐智は奈津に言うともなしに口にした。

冬嗣が大雑把《おおざっぱ》な旅程を口にしたとおり、事が運んでいる。彼にそのあたりの計算ができ、さらに地理的な知識があるのも意外だったのだ。

冬嗣は美味茸を持って、先に建物の中に入っていた。彼がいそいそと入り込んだ破れた妻戸に、真佐智は目をやる。

（しかも、さっきの古老との交渉《こうしょう》だ）

美味茸をわけてもらえたのも、「いちおう、大人だからな」と、冬嗣が土地の古老と交渉した結果だった。

貴重な美味茸は、伊那の国の受領も大枚はたいて毎年欲しがるそうなのだ。その一部を斎宮《さいぐう》に献上するのは、土地の者の斎宮への畏敬《いけい》の念から。しかし、さらにもう少しわけてくれと言えば、普通《ふつう》はいい顔はしないはず。冬嗣は交渉の中で、間抜《まぬ》けな事実を正直に包み隠《つつかく》さず語り、なおかつ、斎王《さいおう》がどれほど残念がったかを、ちらちらと上手《うま》く織り交ぜた。

古老は最初は呆《あき》れたが、次には面白《おもしろ》がり、そして斎王がそれほど献上品をお気に召《め》しているということに気分を良くした。冬嗣はいくらか金も用意したようだが、結局は再度の献上品として、ただでわけてもらえた。

いい加減な人という印象を抱《いだ》いていたので、冬嗣があれほど上手に交渉ができるとは思っていなかった。

「計算もできて、知識もあって、交渉も上手い。冬嗣は宮中に出仕したら、出世するだろうな」

羨《うらや》ましいと思う反面、なぜ彼ほど能力のある者が、神職に就《つ》いたかと疑問に思う。

神職の位は低くないが、都から遠い地で生涯《しょうがい》務めねばならないし、実務的な能力は中央官吏《かんり》ほど求められないから、彼の能力を充分《じゅうぶん》に発揮できるとは言えない。

斎王の乳兄妹ということは、そのつてを使えば、宮中に職を得られたはず。最初は官職が低くとも、能力があれば出世できる。家名も上がる。良いことずくめだろうに、なぜそちらを選ばなかったのか。

「俺に訊《き》かれても、知らない。出世に興味がなかったんだろう」

馬を繋ぎながら奈津がおざなりに答えるが、そのとき破れ妻戸から冬嗣が出てきた。

「いやいや、俺も元服したての頃《ころ》は、出世への興味は大いにあったぞ。だから真佐智の気持ちはわかるけどな。さて、馬を繋いだら中へ入ろう。すぐに食べられるものを獅子ヶ峰でわけてもらったし、君たちも持参した食い物があるだろう?」

来なさい、と顎をしゃくって中へ引き返した冬嗣を追って、二人も階《きざはし》を上って破れ妻戸を潜《くぐ》った。

その様子を、崩《くず》れた築地塀《ついじべい》から覗《のぞ》く目が一対《いっつい》あった。両の黒目が、ぎょろりと動く。

頭の小君は斎王と向かい合い、寝殿の廂《ひさし》で碁《ご》を打っていた。遠い山の稜線《りょうせん》に、太陽は近づきつつある。もうじき日が暮れるのを察し、頭の小君は斜陽《しゃよう》が射《さ》しこむ方を見た。

（もう日が暮れる。奈津たちは、無事に夜露《よつゆ》がしのげる場所に入ったかな。それにしても真佐智まで獅子ヶ峰に行ったなんて。あんなに雅《みやび》やかなのに、男の子は男の子なのね）

真佐智と奈津が、冬嗣と一緒に美味茸をもらい受けるために獅子ヶ峰へ行ったことは、すぐに斎王に知らされた。斎王は「そのような必要、ないものを」とぶつぶつ言っていたが、表情は嬉しそうだった。

そこにいた頭の小君も当然それを耳にして、少しだけ心配になった。斎宮寮から出ることのない斎王は知らないだろうが、獅子ヶ峰への道中は時に夜盗《やとう》が出るという。それを斎王に知らせても心配させるだけなので、口には出さなかった。

「頭の小君。おまえの番よ」

脇息《きょうそく》にもたれた斎王が促《うなが》した。頭の小君は黒石を手にしたが、どうも良い手が見つからない。

（こんなに集中できないのは、奈津のせいだ。奈津は、いつもわたしの邪魔《じゃま》をする）

扇《おうぎ》を開いたり閉じたりし、碁盤《ごばん》に目を落としつつ、斎王がふいに問う。

「誰《だれ》を案じているの？　冬嗣ではあるまいから、真佐智か？　奈津か？」

「そうですね。少し心配です。小宮司《しょうぐうじ》は大人ですから、平気かと思うんです。でも真佐智は都人ですから、馬も田舎道《いなか》も慣れないだろうと」

さすがに斎王の前で、普段《ふだん》のがさつな様子を見せられず、頭の小君はいくぶん言葉つきも柔《やわ》らかに答える。すると、斎王がにやりとした。

「なるほど、おまえが最も案ずるのは奈津か」

「え、えっ!?　なぜですか」

慌てた頭の小君の鼻先に、斎王は扇の先を向ける。

「あえて奈津のことを、口にしなかったわね。それは意識している証拠《しょうこ》」

「あんな人のことは忘れていただけです。一番、大丈夫《だいじょうぶ》そうですから」

「おまえと奈津は、幼い頃は親しかったそうね」

「昔のことです。奈津は、奈津の父君のことがあって以来、わたしに対しての態度が変わりました」

そこでふと、言葉が途切《とぎ》れた。

（あの頃は、楽しかった）

一つ年上の奈津は、頼《たよ》りがいのある友だちだった。活発な彼が走り回るきらきらした様子が羨ましくて、それに倣《なら》って彼にくっついて走った。

姫君《ひめぎみ》が、男の子の真似《まね》をするものではありませんと、乳母《うば》には散々叱《しか》られていた。だが奈津が蔀《しとみ》の外から、「おいで、小君。雀《すずめ》の子が見られるよ」と囁《ささや》くと、隙《すき》を見て外へ出た。

幼い頃、奈津はいつも「おいで、小君」と呼んで、沢山《たくさん》の楽しいことを教えてくれた。彼といれば、いつも楽しいことが起こるのだと思っていた。

（でも、あのときから）

奈津の父であった歌伊国の受領が位階剝奪《はくだつ》となり、頭の小君の父である寮頭の慈悲《じひ》により、奈津は炊部《かしべ》となって務めることになった。そのときから、何もかも変わってしまった。

「もう、親しくしていないんです」

ぽつりと言葉が零《こぼ》れた。すると扇の縁《ふち》を細い指でなぞりながら、斎王はすこし切なげに言う。

「あなたは幼い頃から、わたしの碁の相手をしているのに、未《いま》だに、薄布《はくふ》一枚に似た遠慮《えんりょ》があるわね」

なんのことを言われたかわからなかったが、とりあえず笑顔《えがお》で答える。

「斎宮様ですから。無礼は働けません」

斎王は「それは当然のことね」と言って、また碁石《ごいし》を見つめる。その伏《ふ》せた睫《まつげ》が、いくらか寂《さび》しげに思えた。

内侍《ないし》が簀子縁《すのこえん》から廂に入ってきて、斎王の傍《かたわ》らに寄り、口元を扇で隠しながら何事かを耳打ちした。斎王は驚《おどろ》いたように目を見開いたが、すぐに「わかった」と頷《うなず》き、内侍はさがった。

「何かありましたか？　斎宮様」

「国府から知らせがあった。夜盗を捕《と》らえて国府へ連れて行く途中《とちゅう》で、逃《に》げ出したそうよ。どうやら獅子ヶ峰方面へ逃げたらしいが、あちらへ向かう道は一本だわ。冬嗣たちと遭《あ》わなければ良いが」

斎王は眉根《まゆね》を寄せた。頭の小君は急に不安が大きくなった。

空に視線を移せば東から藍色《あいいろ》の夜が滲《にじ》み出ている。それと同時に低い雲が夕陽《ゆうひ》を覆《おお》う素早《すばや》さで広がっていた。湿気《しっけ》を含《ふく》んだ風が吹《ふ》く。

（大丈夫だわ、きっと）

心の中で言ってみるが、それとは裏腹に嫌《いや》な予感がした。斎王は空に目を向け、呟《つぶや》く。

「今夜は、雨か」

元国府の出先であった屋敷《やしき》は、かなり荒《あ》れていた。築地塀が崩れ庭には雑草が生《お》い茂《しげ》り、妻戸は破れている。天井《てんじょう》にも蜘蛛《くも》の巣《す》がかかり床《ゆか》は誇《ほこ》りっぽかったものの、野宿よりはよほどましだ。

ここに辿《たど》り着けなかった場合は野宿になるところだったので、廃墟《はいきょ》でもありがたい。

都育ちの真佐智は、野宿で地面に寝《ね》ることを想像すると恐《おそ》ろしかった。だが同時に、野蛮《やばん》な経験をしてみたい気持ちもなくはなかった。

持参した甘納豆《あまなっとう》、干し肉。獅子ヶ峰でもらった、玄米《げんまい》をこねて串《くし》に刺《さ》し、味噌《みそ》をつけて焼いた団子。それらを食べ終わると、馬の鞍《くら》に敷《し》いていた布を各自で床に広げ、その上に転がった。灯《あか》りの用意をしてこなかったので、暗くなると何もできない。寝るしかない。

しかしあまりに時間が早く、寝付《ねつ》けない三人は、無闇《むやみ》に寝返《ねがえ》りを打っていた。

いつしか、屋根を打つ雨音が響《ひび》きはじめる。妻戸の破れ目から、ひんやり湿《しめ》った空気が入り込んで、床を這《は》う。真佐智は布を体に巻きつけた。

（どきどきするな、こんなあばら屋で横になるなんて）

わずかな恐ろしさを伴《ともな》ってもいたが、未知の体験を面白《おもしろ》がる気持ちが強かった。そしてふと、

（須王の地へ流罪《るざい》になったら、こんな場所に寝起《ねお》きするのかな）

と思った。すると父の文《ふみ》を思い出し、嫌な気分になる。ことあるごとに気にかかるので、まるで父に、美味宮《うましのみや》になろうと奮闘《ふんとう》している自分を、邪魔されているような気すらした。

（邪魔なだけだ。父君も父君の文も）

それなのにまた、幼い頃北山の桜の下で見た父の笑顔と、甘酢《あまず》の香《かお》りを思い出す。あれが一番幸福な瞬間《しゅんかん》だったと言わんばかりの、未練たらしく残る記憶《きおく》。それを意識の外へ押しやろうと、冬嗣に声をかけた。

「冬嗣。さっき、出世に興味があったと言ってましたよね。今からでも、つてを使って官職を得れば、すぐにも出世しそうなのに。そうしようと思わないんですか」

「思わないなぁ。今は欠片《かけら》も興味がないから」

「どうして興味なくなったんです？」

「昔は、手に入れたいものがあったんだ。出世して階位が上がれば手に入るかもしれないと、出世する気満々だったんだがな。元服してすぐに、欲しいものはどんなに出世しても手に入らないものになったんだよな、これが。それで仕方なく方針を変えて、欲しいものの一番近くにいられる方法を選んだってわけさ」

「手に入れたいものって、なんだったんですか」

彼は、あははっと笑って誤魔化《ごまか》し「君の方はどうなの？　出世したいだろう」と逆に問う。

「それは、まあ。機会があれば」

美味宮になることを足がかりと捉《とら》えているのを悟《さと》られているのかと、真佐智はもごもごと答える。すると奈津が、寝返りと同時に口を開く。

「おまえは、何が欲しくて機会があれば出世したいと思うんだ」

「え、それは当然……」

当然、なんだろうか？　すらすらと自分の口から答えが出てくると思っていたが、意外にも、一言目で詰《つ》まった。

（屋敷と名誉《めいよ》を取り返し、乳母を屋敷に呼び戻《もど》して、幸せに過ごすため……だけど）

当初考えていたことを反芻《はんすう》してみると、屋敷や名誉、乳母のこと。さらには幸せに過ごすということも、全《すべ》てどこか本質的ではなく、見栄《みば》え良く茂った枝葉のように思えた。枝葉は見えやすいからそればかりに気を取られているが、実は、自分が出世で欲《ほっ》しているものの根本は、もっと単純な、一言で表せるようなものではないか。

（わたしは根本的に、何を求めているんだ？）

雨音が徐々《じょじょ》に激しくなると、ぽつぽつと床に雨漏《あまも》りが落ちはじめた。暗闇《くらやみ》の中、天井の方へ視線を泳がせたそのとき、突然《とつぜん》、ぽっと仄《ほの》かに視界が明るくなった。

それには真佐智も、奈津も冬嗣もぎょっとして、半身を起こし、光の源へ顔を向けた。

破れ朽《く》ちた几帳《きちょう》の向こうに、蠟燭《ろうそく》が揺《ゆ》れている。

蠟燭をその場で灯したらしい人影《ひとかげ》が、几帳の向こうにしゃがんでいた。人影は蠟燭を手にして立ちあがり、几帳を回り込んでこちらに出てきた。左手に蠟燭、右手には錆《さび》が浮《う》いているものの、抜《ぬ》き身の刀を提《さ》げている男だ。ずぶ濡《ぬ》れで、髪《かみ》と髭《ひげ》が伸《の》び、くたびれた着物から出ている膝下《ひざした》には無数の傷があったが、頑健《がんけん》そうな筋肉が脹《ふく》ら脛《はぎ》にもりあがっている。

「衣《きぬ》を脱《ぬ》いで寄こせ。食い物と金目のものがあれば、それも出せ」

低くしゃがれた男の声には、人を脅《おど》し慣れた落ち着きがあった。

（夜盗《やとう》!?）

恐《こわ》さよりも、呆然《ぼうぜん》とした。冬嗣が真佐智と奈津に目配せし、言われたとおりにしろという合図を送る。三人とも黙《だま》って立ちあがり身につけていたものを脱ぐと、単《ひとえ》と大口だけになった。

「それだけだよ。食べ物も金目のものもない」

冬嗣は落ち着いた声で言う。美味茸は売れば金になるはずだが、少し離《はな》れた場所に布をかけて置いてあるから、気づかれはしないだろう。

（このまま、大人しく夜盗が逃げてくれれば）

緊張《きんちょう》しながら、夜盗が三人の衣をまとめて脇《わき》に抱《かか》え込む様子を見守っていた。夜盗は周囲を見回すと、「馬をもらっていくぞ」と言った。冬嗣が無表情に「どうぞ」と告げると、夜盗はにやりとして、錆《さ》びた刀の先を真佐智に向ける。

「それと、こいつだ。こいつを連れて行く。可愛《かわい》い稚児《ちご》なら高く売れる」

血の気が引く真佐智の前に、冬嗣が一歩踏《ふ》み出す。

「待て。連れて行くなら、俺にしろ。子どもには手を出すな」

「子どもだから、良いんだろうが。逆らうんじゃねぇ！」

夜盗が刀を振《ふ》るうと、冬嗣の頬《ほお》に切り傷が走った。真佐智の恐怖感《きょうふかん》が極限に達し、息が詰まる。奈津が身構えるが、真佐智は止まった息を吐《は》き出すように咄嗟《とっさ》に制止した。

「やめて！　行く！　わたしが行く！」

そもそも、獅子ヶ峰に行こうと提案したのは真佐智だ。自分に責任があり、何より夜盗が求めているのは自分で、それ以外で夜盗が納得《なっとく》するはずがない。行くしかない。

（わたしが、行かなきゃならない）

一気に頂点に達した恐怖感が神経を引き絞《しぼ》り、妙《みょう》に頭が冴《さ》える。

「馬鹿《ばか》言うな。おまえは！」

奈津が声を荒《あら》らげるが、真佐智は彼の目を見て頷く。

（大人しく、連れて行かれるつもりはない）

真佐智の覚悟《かくご》を見て取ったのか、奈津と冬嗣はそれぞれ、はっとしたような顔をする。

「見かけ通り、素直《すなお》で可愛いじゃねぇか。娘《むすめ》っこみたいだなぁ、ええ？」

「痛いことはしないでください」

あざ笑う夜盗に、気弱そうに懇願《こんがん》する。夜盗は野卑《やひ》な笑いを浮かべて、刀の先を真佐智の背に向ける。

「そら、外へ出ろ」

背中にひんやりする鋼《はがね》の気配を感じながら破れ妻戸を出ると、雨が一層激しくなっていた。簀子《すのこ》縁《えん》や階《きざはし》に吹《ふ》きこむ雨が、板目を黒く滲《にじ》ませている。馬たちは大人しく立っているが、それらの周囲の雑草は雨粒《あまつぶ》に叩《たた》かれて揺れていた。夜盗に促《うなが》されるまま庭に下りると、夜盗は手にしていた蠟燭を、雨の当たらない床下《ゆかした》に置く。しかしほとんど暗闇と言っていい。

激しい雨が真佐智の全身を叩く。

馬を木に繋《つな》いでいる縄《なわ》を解《ほど》くようにと、夜盗は真佐智に命じた。

従順に、馬を繋いだ木へ向かい、縄に手をかけるために腰《こし》をかがめた。降りかかる雨と、額から頰へ流れる水が目に入り、視界はぼやける。縄に触《ふ》れるふりをして、片手を伸ばして木の根元を探《さぐ》った。手頃《てごろ》な石が指に触れたので、濡れて泥《どろ》まみれのそれを懐《ふところ》に入れる。

ちらっと背後を見ると、冬嗣と奈津は庭にまで下りてきていた。彼らが雨に打たれている姿は、かすかな蠟燭の灯りで影《かげ》として確認《かくにん》できる。二人は、できるだけ夜盗に近い場所にいる。夜盗もそれを警戒《けいかい》し、真佐智の方へ刀の先を向けているものの、視線は冬嗣と奈津へと向いている。馬を繋いでいた縄が解け、真佐智はその端《はし》を握《にぎ》った。

(今だ!)

三

縄の端を握りしめ、勢いよくしならせると、夜盗が持つ刀の刀身に一回転巻きつけた。

驚《おどろ》く夜盗がふり返った瞬間に、後ろに飛び退《の》きながら、懐から石をつかみ出し、相手の顔めがけ投げつけた。飛び退いた拍子《ひょうし》に足を取られ、真佐智は背中から草の中へと転げ込む。青臭《あおくさ》い雑草のにおいと泥のにおいが、全身を包んだ。

「畜生《ちくしょう》!」

夜盗が声をあげたそのときには、既《すで》に冬嗣と奈津が夜盗に襲《おそ》いかかっていた。刀身に縄が絡《から》みついたので、馬が驚き数歩動いた。それで充分《じゅうぶん》だった。縄がぴんと張った拍子に夜盗の手から刀が離れる。慌《あわ》てる夜盗が体勢を崩《くず》したところに奈津が突《つ》っ込み、地面に突き倒《たお》し、馬乗りになって殴《なぐ》りつけた。

冬嗣は馬を繋いでいた縄を馬の轡《くつわ》から外し、その縄を持って夜盗を縛《しば》り上げる。奈津と冬嗣の行動は素早《すばや》かった。瞬《また》く間の出来事のように思えた。草むらの中で尻餅《しりもち》をついた真佐智は、雨に叩かれながら呆然とそれを見ていた。夜盗を木の幹に縛りつけると、冬嗣と奈津が真佐智の所へ駆《か》け寄ってきた。

「真佐智！」

「怪我《けが》はないかい⁉」

彼らの顔を見て、ようやく実感できた。

(助かった)

恐怖《きょうふ》の頂点で張りつめ研《と》ぎ澄《す》まされていたものが一気に崩れ、力が抜け、恐怖がわきあがり、かちかち歯が鳴るほど震《ふる》えだす。歯の鳴る音は二人に聞こえているだろうが、それがわかっていても止められなかった。みっともないと思った。しかし。

「寒いよな」

雨に打たれているとはいえ、初夏だ。寒いわけない。しかし奈津は労《いたわ》るように言うと、真佐智の手を取る。その手は温かく、声が意外なほど優《やさ》しかったので、安心したように一層、真佐智の膝《ひざ》は震えだしたのだった。

騒《さわ》がしさで、頭の小君は目が覚めた。父の寮頭《りようのかみ》の寝所《しんじょ》辺りが騒がしい。乳母《うば》を見にやらせると、国府からの遣《つか》いが来たので、急ぎ寮頭が応対に出たのだという。

「国府からこの早朝に？　なんの御用《ごよう》かしら」

単のまま寝所から這《は》い出て、妻戸の隙間《すきま》から外の明るさを推《お》し量る。日が昇《のぼ》るか昇らないかの、早朝だ。こんな時間に国府から遣いが来るのは、緊急《きんきゆう》の用件のときだけだ。

「なんでも、外出なさっていた小宮司《しょうぐうじ》のご一行が、夜盗に襲われたらしいですよ。ご一行は国府に助けを求められ、今、国府の者に守られて斎宮寮《さいぐうりょう》にご帰還《きかん》だとか」

「夜盗に!?」

嫌《いや》な予感が的中したと、頭の小君は青ざめた。いても立ってもいられず、単の上に袿《うちき》を引っかけると妻戸を押し開く。

「あっ！　姫様《ひめ》!?　どこへ」

乳母が慌てるのをふり返りもせず、駆け出した。

（夜盗に襲われただなんて。皆《みな》、無事なの⁉　小宮司も真佐智も、怪我なんかしていない？

それに……奈津！）

幼い頃《ころ》、野犬に追いかけられたことがある。そのとき奈津は、頭の小君を逃《に》がすために野犬に向かって石を投げ、時間を稼《かせ》ぎ、彼女を逃がしてくれた。しかしそのために奈津は、足と手を犬に噛《か》まれた。頭の小君は泣いて謝り感謝したが、奈津は「当然だから」と言った。

そんな奈津だから、夜盗に襲われたとしたら、自分が盾《たて》になって冬嗣と真佐智を逃がすかもしれない。そして奈津は――。

斎宮寮の門まで駆けた。昨夜のひどい雨はあがったが、地面にはいくつも水たまりができていた。息を切らして大門が見える位置まで来ると、馬の蹄《ひづめ》の音と人の話し声が聞こえた。

門の内側には、父である寮頭と門部司《かどべつかさ》の長官《かん》の姿があった。国府の役人らしき顔もあり、彼らの傍《かたわ》らには馬の轡を握った、冬嗣、真佐智、奈津がいた。三人とも汚《よご》れて皺《しわ》だらけで濡《ぬ》れた衣《きぬ》を身につけていたが、冬嗣の頬に切り傷がある以外は、他《ほか》に怪我はなさそうだった。

（あ……良かった）

そう思った途《と》端《たん》に、じわりと泣けてきた。

真佐智が頭の小君の存在に気がついたらしく、「頭の小君？」と呼ぶ。その場にいた全員の視線がこちらを向くと、頭の小君は顔を伏《ふ》せた。泣いているのを見られたくなかった。しかし気づかれてしまっているようで、父の寮頭が眉《まゆ》をひそめた。

奈津は、ちらりと寮頭の顔色を窺《うかが》い、わざと頭の小君から目をそらすようにした。反対に真佐智は、微笑《ほほえ》んで近づいてきてくれる。

「頭の小君、どうしたの？　もしかして心配してきてくれたの」

「ええ、うん。夜盗《やとう》に襲われたって、聞いたから」

「ありがとう、みんな平気だ」

「……良かった」

そう言って顔をあげたが、胸が痛かった。

（ほら、奈津は、わたしのことなんか見もしない）

頭の小君の涙目《なみだめ》に、真佐智は驚いていた。

（この涙は、冬嗣やわたしのためじゃないかもしれない。これは奈津のため？）

そう感じたのは、頭の小君が泣き出したそのとき、彼女が真っ直《す》ぐ奈津を見つめていたからだ。そして奈津もその視線に気がついたのに、わざと視線を外すような真似《まね》をしていた。

頭の小君は奈津のことを意地悪と言って何かと突っかかっていたが、それは好意の裏返しではないかと思えた。彼女が頻繁《ひんぱん》に炊部司に顔を出すのは、真佐智のためももちろんあるが、それより大きな理由は、奈津がそこにいるからではないのだろうか。

奈津はその気持ちを知っているから、あえて素っ気なくしているのかもしれない。

頭の小君はすぐに、「帰るわ」と告げてその場を去ったが、彼女が残していった疑問は真佐智の中に残った。冬嗣と奈津の元へ戻《もど》り、早い雲が流れる空ばかり見ている奈津の横顔に、声をひそめて問う。

「頭の小君は、奈津のことを心配しているんじゃないか？　気にしているようだった。幼馴染《おさななじ》みだろう。ありがとうくらい言って、笑ってあげればいいんじゃないの？」

「必要ない。歩く道が全く違《ちが》う奴《やつ》に、いぢいち声をかけたり心配したりする、あいつの方が間《ま》違《ちが》ってるんだ」

その声が聞こえたのか、冬嗣がこちらを気にしたように見えた。

「どうしてそうやって、意固地になるの。話したり笑顔《えがお》を見せたりしても、損はないし、困りもしないじゃないか」

「うるさい。おまえにだけは、意固地と言われたくない」

「でも、少しは声をかけてあげるべきだ。変なこだわりがあるのは、なんで……」

自分が口にしたことで、真佐智は気がつく。

（そうだ。奈津は、頭の小君と親しくしないように意識してる。変にこだわってる。それは裏を返せば、頭の小君と同じく彼女のことが気になってるからじゃないか？）

幼馴染みだと言っていた二人は、幼い頃、互《たが》いに恋心《こいごころ》を抱《いだ》いていたりしなかったのだろうか。しかし奈津が言ったように、歩く道が違ってしまったことで、二人の思いが互いに行き場をなくしたのだとしたら？

そうであれば、涙ぐんだ頭の小君のみならず、視線をそらした奈津の方にも抱《かか》えるものがあるはず。しかし彼は、そんな気配は見せない。うんざりしたように、

「その話は、もういい。それよりも今夜の夕餉《ゆうげ》だ」

と、強引《ごういん》に話を変える。

「さっき小宮司が言ってたが、出汁蒸《だしむ》しを斎宮様にお持ちするのは、おまえがやるべきだそうだ。きちんと務めろ」

「なんでわたしが？」

「今回の功に対して、お褒《ほ》めの言葉をいただくのは、おまえが相応《ふさわ》しい」

「一番役に立ったのは、冬嗣だ。次が奈津で、わたしは、あまり役に立たなかった。夜盗に誘《ゆう》拐《かい》されそうになるし」

奈津が噴《ふ》き出す。

「痛いことはしないで、は良かったな。なかなかの姫さんぶりだった。夜盗の鼻の下が伸《の》びた。厨《くりや》の皆の前で、あれをやったらどうだ？　全員おまえにひれ伏すかもな」

「あ、あれは！　夜盗を油断させるため、わざと！　わかるだろう⁉」

「さあな。まあ、おまえが美味茸を、斎宮様のためにもう一度手に入れたいと言ったからこそ、手に入ったんだ。おまえがお褒めの言葉をいただけよ。出汁蒸しは、まだおまえは作れはしないだろうから、俺が美味《うま》いのを作ってやる」

「なんだよ、それは……」

偉《えら》そうだと続けようとしたが、なぜかこみあげてきた嬉《うれ》しさで言葉に詰《つ》まった。

雨上がりの風が、すうっと吹き抜《ぬ》ける。


奈津の手際《てぎわ》は、とても良い。真佐智はいつものように火の番をしながら、奈津が美味茸の出汁蒸しを作る過程を目で追っていた。

出汁蒸しに使う出汁は、二種類。堅魚《けんぎょ》と呼ばれる魚の身に、特殊《とくしゅ》な黴《かび》を付着させて燻《いぶ》し、かちかちに乾燥《かんそう》させてできる、堅魚堅《けんぎょけん》という食材。それと海布《うみふ》と呼ばれる、幅広《はばひろ》の巨大《きょだい》な海草を干した食材。その二つから取った出汁を合わせて、あわせ出汁として使う。

薄《うす》く削《けず》った堅魚堅を水が沸騰《ふっとう》した鍋《なべ》に入れ、すぐに火から下ろし笊《ざる》でこす。すると澄《す》んだ黄《こ》金《がね》色の出汁になる。海布の方は表面を乾《かわ》いた布でざっと拭《ふ》いて、水に浸《ひた》して四半刻待つ。そこから火にかけ、ぐらりと煮立《にた》つ寸前に火から下ろし、海布を取り出してできあがり。こちらは堅魚堅の出汁に比べ、ほぼ透明《とうめい》だ。それを混ぜて軽く火を入れつつ、わずかに塩を加える。

あわせ出汁をおたまですくって、平たい小皿に入れると、奈津が真佐智に声をかけた。

「おい、味をみろ」

味見とはいえ、火の番以外の料理の工程に関《かか》われるのは初めてだったので、真佐智は飛びあがって喜びたかった。しかしそれを押し殺して、平静を装い奈津の手から小皿を受け取る。

こくりと一口味わって、目を見開く。

「美味《おい》しい」

ほんのり磯《いそ》の香《か》がするのは海布のせいだろうが、遠くに香《かお》りを感じる程度。その香が味と関わるのか、堅魚堅のこくのある味わいが、さらりとした感じになる。

（あの単純な手順で、味が作れるんだ）

単純だが、慎重《しんちよう》さと丹念《たんねん》さが必要な作業だと予想もできる。奈津は水が沸騰する瞬間《しゆんかん》や、鍋を火から下ろす瞬間を、ことに気にかけていたように思う。

「味を覚えろ。出汁は濃《こ》いほど旨《うま》みが強くなるが、下手すると苦み、えぐみが出てしまうからな。濃けりゃ良いってもんじゃない」

頷《うなず》きつつ、奈津の作業を食い入るように見つめる。

奈津は次に、魚を焼くときに使う火鉢《ひばち》に火を入れ、網《あみ》を置く。その上で美味茸に軽く焼き目をつけた。それを裂《さ》いて、小さな土瓶《どびん》に入れた。次には半夏菜《はんげな》と呼ばれる、黄の花が付いた葉物野菜を軽く塩ゆでして冷水に放ち、黄と緑の鮮《あざ》やかさを保たせてから適度な大きさに切って、土瓶に入れる。さらに、白焼きにした穴子を一切れ。その上にあわせ出汁を注ぎ入れた。最後にその土瓶を軽く温めると、冷めないように土瓶を包む形の陶器《とうき》に入れる。これらは出汁蒸しを饗《きょう》するためだけに作られた器《うつわ》であると察し、驚《おどろ》く。

（食に対してこれほどの気遣《きづか》いは、御門《みかど》にさえ、されていないのじゃないか？）

都は、文化の中心地だ。都人は、何もかも自分たちが他を圧していると思いがちだが、食に関しては、斎宮寮《さいぐうりょう》の方が都よりもよほど恵《めぐ》まれているのかもしれない。

作り終わった夕餉は、いつものように女孀《めのわらわ》たちが運んでいくが、出汁蒸しだけは真佐智の手に渡《わた》された。頃合《ころあ》いよく冬嗣が迎《むか》えに来たので、彼とともに内院へ向かう。

「行ってくる、奈津」

声をかけると、奈津は縛《しば》っていた袖《そで》を解《ほど》きながら、

「転んで出汁蒸しを台無しにしたら、ぶん殴《なぐ》る」

と脅《おど》す。真佐智は苦笑いして頷く。

「そうなったら奈津が殴る前に、斎宮《さいぐう》様に精神的に叩《たた》きのめされるから、大丈夫《だいじょうぶ》だ」

歩き出した冬嗣が、二人の会話を背中で聞いて、くっくと笑っていた。

斎王《さいおう》の屋敷《やしき》に入ると、内侍《ないし》に案内されて寝殿《しんでん》へ向かった。

母屋《もや》には三つの膳《ぜん》が並んでいた。その奥に斎王が座っている。彼女の正面の膳には、盃《さかずき》が一つちょこんと置かれているだけ。その膳に真佐智が出汁蒸しを捧《ささ》げるのだ。

内侍に促《うなが》された真佐智は、静かに斎王の前へ進み出て一礼し、膳の上に出汁蒸しの器を置く。

斎王は無表情だ。再度礼をして廂《ひさし》に下がり、冬嗣と並んで控《ひか》えながら神妙《しんみょう》に待つ。

内侍がそそっと膳の前へ行くと、置かれた盃へ、土瓶から出汁を注《つ》ぐ。

それだけでふわっと、美味茸の香りが立った。

斎王が袖をさばいて、盃を手にして口をつける。細く白い喉《のど》が、こくりと動く。

二口目をつけ、斎王は盃を置くと、ほうっと長い息をついた。その口元がゆるむ。微笑《ほほえ》んだ。

真佐智はその微笑みを呆然《ぼうぜん》と見つめる。

(なんて、幸せそうに微笑まれるんだ)

それは美味茸を再び手に入れようと考えたときに、見てみたいと思った顔だ。茅の笑顔と同じくらい――それ以上に、その笑顔で、胸の中がいっぱいの満足感で満たされる。

(美味しいものを食べると、人は笑うんだ)

改めてそう思った。

「真佐智」

斎王に呼ばれたので、真佐智だけが廂の正面へ移動して腰《こし》を下ろした。軽く頭を下げて顔をあげると、斎王が微笑んでいた。

「礼を言う。真佐智と、奈津と、冬嗣に。美味しいわ」

美味しい。その言葉に真佐智も笑みが溢《あふ》れてくる。

三人を代表して礼を受け取ったのだとわかっていたが、三分の一でも誇《ほこ》らしかった。逆に、三分の一だからこそ誇らしい気もした。

「しかし、三人は馬鹿《ばか》者ね。今後は、このようなことは止《や》めよ。おまえたちが茸のために死んだら、寝覚《ねざ》めが悪い。そのような傷まで作って」

斎王が冬嗣を見ると、彼は傷に触《ふ》れて、ははっと笑う。

「今度は、もっと目立たないところに作りましょう」

「自分の身のことを一番に考えよ」

「おや、考えてますよ？　考えているからこそ、ここにいるんですけどね」

答えた冬嗣は、幸せそうな表情だった。満ち足りていると言ってもいい。

（冬嗣？）

なぜ彼はこの瞬間、これほど幸福そうなのか。彼の横顔を見ていると、自然とその理由がわかる気がした。

（もしかして、冬嗣は）

冬嗣はあの廃墟《はいきょ》で、言っていた。『出世して階位が上がれば手に入るかもしれないと、出世する気満々だったんだがな。元服してすぐに、欲しいものはどんなに出世しても手に入らないものになったんだよな、これが。それで仕方なく方針を変えて、欲しいものの一番近くにいられる方法を選んだ』と。

それが何かを彼は答えてくれなかったが、彼が欲しいものは、乳兄妹《ちきょうだい》であった皇女ではないのか。出世して階位が上がれば皇女を賜《たまわ》ることも不可能ではないが、その人が斎王となってしまったら、もはや誰《だれ》のものにもなれない。だから冬嗣は神職を選び、ここにいる。

冬嗣にとっては、それが最も幸福なのだろうか。

冬嗣の恋《こい》は、相手の立場を思いやり、ただ寄り添《そ》う恋なのだろうか。

斎王はどうなのか。誰に恋していても、けしてそれを面《おもて》に出せない彼女は、たくさんの鬱屈《うっくつ》を抱《かか》えているかもしれない。それを見せまいと冷ややかな表情が板についているが、こうやって美味しいものを口にすれば、ほろりとほころぶ。

盃をもう一度手にした斎王の側《そば》に、今度は内侍に代わり冬嗣が近づき出汁《だし》蒸《む》しを注ぐ。すると斎王が空いた左手で、冬嗣の頬《ほお》の傷に触れた。

「痛むか？」

問われた冬嗣は器を膳に戻《もど》しながら、「いいえ」と微笑む。

真佐智は、その様子をぼんやり眺《なが》めていた。

頭の小君も、奈津に悪態をつきながら彼の無事を涙《なみだ》ぐんで喜んだ。奈津はひどく素っ気ないが、彼の方も意識しているからこそあの態度を取っている気がしてならない。

斎宮寮では互《たが》いに遠慮《えんりょ》がちに、誰もが、誰かに恋したり思いやったりしているのだ。それはこの場所だけではなく、この世のどこでも、人が集まる場所では、きっとそうなのだろう。

元服するのだ、道を拓《ひら》くのだと、それしか見えていなかった真佐智の周囲には、やわやわと人の思いが漂《ただよ》い絡《から》み合っているという事実に、今更《いまさら》気がつく。

誰が何を考えているのか、誰が何を幸せと感じているのか、誰が誰を思いやっているのか。自分がしがみついている自分の思い以外にも、誰にだって自分と同じような思いがある。人の思いをぼんやりと感じ、あるいは、はっとするほど突《つ》きつけられ、その中に身を置くと、今まで見えていなかった何かが見える。

そこでまた、父の文《ふみ》を思い出す。

誰にだって、何かの思いがあると肌《はだ》で感じるこの瞬間、思いをしたためた文を処分するのは罪な気がした。けれど一年半以上、真佐智を放置した父の文など、読みたくない。そこに書かれた、あるいは、透《す》けて見える父の思いに絶望するか、憤《いきどお》るか。気持ちが揺《ゆ》さぶられるのは、目に見えている。

（わたしは、恐《こわ》いんだ。気持ちを乱されるのが、恐い）

父の文を開くことへの躊躇《ためら》いの正体が、ようやくわかった気がした。気持ちを乱されるのが恐くて読みたくないくせに、捨てる勇気もないのだ。

自分がそれほど臆病《おくびょう》だと認めることは、嫌《いや》だ。けれど、事実だ。

斎王の食事が終わり、膳を下げるとき斎王が「真佐智」と呼んだ。顔をあげると、柔《やわ》らかな表情ながら、真剣《しんけん》みのある斎王の美しい瞳《ひとみ》がそこにあった。

「真佐智。今度はおまえの力だけで、わたしに美味《おい》しいと言わせてみなさい。そして、わたしのみならず、神の口からすら、おいしいと一言を引き出せるように向き合え」

驚きに、真佐智は無礼と知りつつも、斎王の瞳を見つめてしまった。切れ長の目を縁取《ふちど》る睫《まつげ》が、美しい。

(神の口からすら?)

それは容易なことではないだろうが、もしできたとすれば、どんなに素晴《すば》らしいことだろう。

冬嗣と一緒《いっしょ》に内院を出て、中院を出てからは一人で炊部司に向かった。

周囲は既《すで》に暗く、空には幾《いく》つか星が光っていた。澄《す》んだ光を放つ星を見上げて炊部司の門前まで帰ってくると、門柱にもたれて空を見上げる奈津の姿があった。彼が待ち受けていたことに、驚《おどろ》く。

「奈津。待っててくれたのか?」

「待ってたのは、おまえじゃない。斎宮様のお言葉だ」

門柱から背を離《はな》して、相変わらずぶっきらぼうに答えるのに、真佐智は頷《うなず》いてやった。

「三人に対して礼を言われた。そして奈津の出汁蒸《だしむ》しを召《め》し上がって、美味しいと仰《おつしや》ったよ」

「なら、いい。寝《ね》るぞ」

素っ気なくきびすを返す奈津について、門を潜《くぐ》った。心が、そわそわと揺れていた。

四帖　蛍の他に知るものぞなし

一

じわじわと、頭上では蟬《せみ》がうるさい。

一仕事終わり朝餉《あさげ》を済ませ、厨《くりや》の者たちはしばしの休憩《きゅうけい》に入っていた。普通《ふつう》は皆《みな》、建物の中でごろごろと横になったり、碁《ご》を打ったり、博打《ばくち》をしたりする。

しかし今日はあまりの暑さに、半数の者が井戸端《いどばた》の大樹の陰《かげ》に集まって涼《すず》んでいた。

そこは風の通り道になっているし、井戸端なので、足を冷やして涼《りょう》を得るのに都合が良い。

真佐智も木の根元に座っていた。足は井戸水《いどみず》を満たした桶《おけ》に突っこみ、背を幹にもたせかけ、奈津が読めと渡《わた》してくれた、調理法を集めた書を膝《ひざ》の上に開いていた。

目は文字を追うが、頭の中はぼんやり、別のことを考えていた。

（父君の文が届いてから、ひと月以上だ。あれをどうにかしたい）

そう思うが、どうしても行動に移せない。忙《いそが》しいから放置していたのだと、最初は自分を誤《ご》魔化《まか》していた。しかし自分があの文を恐《おそ》れているのだと自覚してからは、誤魔化しもきかない。

捨てたい思いと、読むべきという思いが、常にせめぎ合っている。

木の葉を通して鋭《するど》い光がちらちらと、まだらに書の上に落ちていた。

「近頃《ちかごろ》、頭《かみ》の小君《こきみ》の姿が見えないような気がしないか？」

誰かがそう言ったのが聞こえ、真佐智の意識は現実に引き戻された。

足を冷やそうとしていた厨の者二人が、井戸水をくみあげながら会話していた。

「そうだな。炊部司《かしべつかさ》にも、顔を見せないし。中院の神職たちも、姿を見ないと言ってたな」

(確かに、この半月ばかり頭の小君に会ってない)

前々から、少し気になってはいた。しかしその会話を耳にして改めて思い返せば、彼女の姿を見たのは、美味茸を手に入れて帰還《きかん》した日の朝が最後だ。

少し前までは頻繁《ひんぱん》に、奈津が鬱陶《うっとう》しそうにするほど顔を見せていた。それが、ぴたりと来なくなったというのは、何かがあったのだろうと疑わざるを得ない。

不安になった真佐智は、桶から足を抜《ぬ》いて水を拭《ふ》き、寝所《しんじょ》へ向かう。

蔀《しとみ》も御簾《みす》もあげられた寝所に、奈津が横になっていた。建物の中は蒸し暑く、奈津は胸元《むなもと》にしっとり汗《あせ》をかきながらも、休もうと努力するように目を閉じている。奈津の頭近くに座り「奈津」と呼ぶと、彼は目を閉じたまま「なんだ」と答えた。

「頭の小君が、近頃ぜんぜん姿を見せない。気がついてた？」

「いや」

素っ気なく返ってきた答えは、嘘《うそ》だろう。気がつかないわけはない。

「どうして急に姿を見せなくなったのか、理由を知ってる？」

「いや」

目を開けようともしないので、真佐智は諦《あきら》めて立ちあがりかけた。

「わかった。奈津が知らないなら、直接、寮頭《りょうのかみ》の屋《や》敷《しき》まで行って様子を見てくる」

「待て」

真佐智の手首を、奈津が握《にぎ》った。ようやく彼は目を開ける。

「行く必要はない。病《や》みついて寝所から出られないと、噂《うわさ》を聞いた」

「理由を知ってるじゃないか。なんで、嘘つくんだ」

「忘れてただけだ」

「ああ、そう。でも病気だっていうなら、余計心配だ。見舞《みま》いに行く」

「止《や》めろよ、お節介《せっかい》が」

「病気と知って見舞いに行かない方が、薄情《はくじょう》だ。わたしは行くべきだと思うから、行く。離せ」

奈津の手をふり払《はら》って立ちあがり、背を向けた。背後で、忌々《いまいま》しげに奈津が舌打ちしたのが聞こえた。

（奈津の奴《やつ》は、何を考えてるんだ。わたしのことを意固地と言うけど、奈津の方がよほど意固地だ）

頭の小君が奈津をどんな目で見ているか、彼も気がついているはず。奈津も彼女を意識しているからこそ、あれほど素っ気なくするのだろうから。

素っ気なくする理由は、わからない。

しかし理由が何であれ、病のときくらいは彼女を見舞い、元気づけるべきではないだろうか。炊部司に入りたてのとき、頭の小君は心細かった真佐智に同情し、親切に声をかけて話し相手になってくれた。その彼女が弱っているなら、今度は真佐智が元気づける番だ。

寮頭の屋敷は、斎宮寮《さいぐうりょう》中院の中程《ほど》。東側に位置する。板塀《いたべい》で囲われており、斎王《さいおう》の住む屋敷の半分の規模と見えた。庭には池も築山《つきやま》も造られ、小さいながら釣殿《つりどの》もある。こぢんまりしているが、過不足なく整えられたそこは、都で真佐智が暮らした屋敷を思い出させた。

身分を告げ頭の小君への見舞いを願うと、乳母《うば》らしき人が出てきて、東の対屋《たいのや》に案内された。暑い盛りなので廂《ひさし》も妻戸も開かれ、御簾さえも巻き上げられていた。釣殿から東の対屋の前まで池が広がっているので、吹《ふ》き抜ける風はわりに心地《ここち》よい。

「姫《ひめ》様。お友だちが、いらっしゃいましたよ」

乳母が労《いたわ》るように呼ぶと、廂に出て座っていた頭の小君は、もたれかかっていた脇息《きょうそく》から体を浮《う》かせた。

「真佐智」

その弱々しい様子に、真佐智は衝撃《しょうげき》を受けた。ようよう起き出してきたようで、袴《はかま》は着けず、単《ひとえ》に袿《うちき》を羽織っている。以前に比べ痩《や》せており顔色も悪い。

「病気だと聞いて、来たんだけど。大丈夫《だいじょうぶ》？」

頭の小君の前に座ると、彼女は苦笑いに近い笑顔《えがお》を見せる。乳母はそれでも、頭の小君が体を起こして笑ったのが嬉《うれ》しいのか、「お二人に、冷えたものをお持ちしましょう」と、いそいそと出て行く。すぐに戻《もど》ってきた乳母の手には、櫛形《くしがた》に切られた真桑瓜《まくわうり》が盛られた皿があった。

二人の間にそれを置くと、召し上がってくださいと勧《すす》める。

「食べて、真佐智」

頭の小君に促《うなが》され、口に運ぶ。井戸《いど》で冷やされていたらしく、しゃりっと噛《か》むと、歯がひやりと冷える心地よさだった。仄《ほの》かに甘い爽《さわ》やかさ。真桑瓜は大好きだ。

頭の小君が手を出そうとしないので、「食べたら？」と皿を押しやる。そうすると彼女は、顔を背《そむ》けた。

「食べたくない」

声が、あまりに硬《かた》い。笑顔だった乳母の顔にも、落胆《らくたん》の色が浮かぶ。「姫様。少し召し上がってください」と乳母が懇願《こんがん》するように言うが、頭の小君は返事をしない。

「近頃、あまり食べてないの？」

問うと、頭の小君は小さく首を横に振《ふ》る。

「食べてるわ」

「いいえ、ほとんど召し上がっていません」

すかさず乳母が口を挟《はさ》むと、頭の小君は苛々《いらいら》したように乳母を睨《にら》む。

「必要ないことまで、喋《しゃべ》らないで。席を外していて」

彼女らしからぬ刺々《とげとげ》しさに、ただならぬものを感じる。乳母が出て行く姿を睨みながら「あの人は、父君になんでも告げ口するの。お目付役よ」と嫌《いや》そうに言うが、急に声に力がなくなり「ごめんね、真佐智」と、疲《つか》れたように謝る。

「どうして謝るの？」

「だってお見舞いに来させたもの」

「来たいから、来たんだ。謝ることじゃない」

頭の小君は顔をあげて、まん丸い目でしばらく真佐智を見つめていたが、その目に涙《なみだ》がもりあがり、ぽろりと零《こぼ》れた。

「どうしたの？　何があったの」

脇息に顔を伏《ふ》せて泣き出す彼女におろおろしたが、膝を進めて近寄って、肩《かた》に手を添《そ》える。

「嫌だわ……嫌なの……」

「何が？」

「こうやって真佐智にも、会えなくなるわ。小宮司《しょうぐうじ》にも会えなくなる。炊部司の様子を覗《のぞ》きに行けなくなるし、小宮司の猫《ねこ》たちとも遊べなくなる」

その意味するところを察し、真佐智は確認《かくにん》した。

「もしかして裳着《もぎ》の儀式《ぎしき》が決まったの？」

声を殺して泣きながら、頭の小君は頷《うなず》き、切れ切れに言う。

「夏が終わったら裳着をするって、父君が急に決めてしまったの」

「秋から冬にかけてじゃ、なかったの？」

「そのはずだって言われてた。でも……焦《あせ》ったみたいに急に、大人になりなさいと、父君が言い出したの。わたし裳着までには、もう少し覚悟《かくご》を決める時間があると思ってた。でもこんなに急に言われたら、何の覚悟もできない。嫌なの。大人になんか、なりたくない。大きくなんか、なりたくない。小さくなりたい。もっともっと、小さかった頃《ころ》に戻りたい」

「嫌なのはわかるけど、でも。少しでも食べて元気にならなきゃ。このままじゃ、本当に痩せ細って病気になる」

頭の小君は、いやいやするように首を振る。

いつか来ると知っていたことが、予想外に早く来てしまった絶望感。頭の小君はそれに打ちのめされている。大人になることは、避《さ》けられない。けれど大人になりたくない、これ以上、大きくなりたくないと、食べることすら拒絶《きょぜつ》しているのか。

（似てる。あのときのわたしと）

父からの文《ふみ》もなく、元服できないと焦り続けていた一年半前のことが思い出される。

元服しなければ生活が立ちゆかないとわかっていても、そのあてすらもない現実を前に、真佐智は追い詰《つ》められていた。

大人になる必要がある、けれど大人になれない。もっと時間がゆっくりと進めば良い、大人になるべきときが、まだ先であればいい。時が止まり、巻き戻り、せめて数年前に戻れたら。

そんなことを考えていると、日々成長する自分が自分を追い詰めるような気がして、どんどん食欲《しょくよく》が落ちた。痩せ細って小さくなれば、子どもに戻れると思うほど愚《おろ》かではなかった。しかし理性と心が、互《たが》いの手を離《はな》したようで、自分の成長を心が拒絶したのだ。

どんどん痩せていく真佐智を心配した乳母が、生まれて初めて彼の頬《ほお》を平手で打った。そしてその後に、幼子にするように抱《だ》きしめた。真佐智は「やめろ」と拒絶したが乳母は抱きしめ続け、そのうち真佐智は抵抗《ていこう》を忘れて泣き出した。かなりの時間、乳母の腕《うで》の中で泣いた。

ただ泣いただけで、翌日から憑《つ》き物が落ちたようにすっきりした。なんとか生きていかねばならないと、無理なく前を向く気力が湧《わ》いてきた。

頭の小君は泣いているが、真佐智が乳母の腕の中で流した涙とは違《ちが》う気がした。真佐智は思いを吐《は》き出すように泣いたが、頭の小君は自分の内側に抱《かか》え込むように涙を流している。

彼女にとって真佐智は、思いを吐き出すには力不足なのだ。それが悔《くや》しい。

(頭の小君が、自分の苦しみや思いを、思い切り吐き出す相手がいれば)

そうできれば、この苦しみは和《やわ》らぐ気がした。避けようがないことと覚悟して、その上で、より良い道を見つけようとする気力が湧くだろう。

「母君は裳着のこと、なんて仰《おつしや》ってるの？」

真佐智の乳母のような存在がないかと考え、問う。

「わたしを産むと同時に、母は亡《な》くなってる。奈津の母君が、ずっと本当の母君のように可愛《かわい》がってくださったけど。もう、亡くなった」

信頼《しんらい》し甘えられる母は、頭の小君にはいないのだ。となると、他に彼女が気を許し、本当の自分を見せられる相手は――。

（奈津かもしれない）

そう思ったのは、頭の小君が奈津に対してだけは遠慮《えんりょ》なく、嫌な顔をしたり突《つ》っかかったりするからだ。彼女は人当たりが良く、あらゆる所に顔を出して無駄《むだ》話をして楽しんでいるが、どこか、きかん気なところがある。真佐智のことを姫君《ひめぎみ》と勘違《かんちが》いして、父に抗議《こうぎ》すると息巻いた様子など、なかなかのものだ。そのきかん気を素直《すなお》に見せている相手は、奈津しかいない。

しかも、頭の小君は奈津を憎《にく》からず思っている気配もするのだ。

（わたしが炊部司に入ったときには、頭の小君に助けてもらった。今度は、わたしが助けないと）

それが彼女の親切に報《むく》いるために、人としてするべきことだと思えた。そして、かつての自分の苦しさを思うと、早くその苦しさから解放してあげたかった。

「真桑瓜、食べて」

促すと、頭の小君はのろのろ皿を引き寄せる。が、項垂《うなだ》れて手を止める。こんなとき、理性で食べようと思っても、本当に心がついていかないのだ。

かなり長い間、真佐智は無言の頭の小君に寄り添っていたが、彼女の表情が晴れることはなかったし、真桑瓜に手をつけることもしなかった。そうしていると乳母が心配そうにそろりと顔を見せたので、目顔で「帰るから、後を頼《たの》む」と知らせた。乳母は、真佐智の見舞《みま》いも功を奏さなかったのだと見て取ったのか、落胆した表情で頷く。

「無理しなくていいよ。涙が止まったら、食べれば良いんだから」

今一度肩を撫《な》で、立ちあがった。

「また来るよ。何か、美味《おい》しいものを持って」

項垂れたままの彼女に告げて、真佐智は炊部司へと急いで戻る。

どうにかして頭の小君の気持ちを収め、食べ物を口にするように仕向けなければならない。

そのためには奈津の協力が不可欠。そう、確信めいたものがあった。

炊部司の門を潜《くぐ》ると、井戸端《いどばた》で休んでいた中の一人が、真佐智に声をかけてきた。

「おい、真佐智。主典《さかん》が呼んでたぞ」

真っ直《す》ぐ奈津の所へ向かおうとしていたのを阻《はば》まれ、真佐智は多少苛立《いらだ》った。

「なんで主典がわたしに？」

「知らないよ。とにかく、来いと伝えろと言われたんだ」

主典とは日頃《ひごろ》接触《せっしょく》がない。主典の命令は炊部《かしべ》である奈津を通じて伝えられ、厨《くりや》からの報告は、奈津を通じて主典に行われるからだ。美味宮《うましのみや》の竈《かまど》を割ったとき、奈津に対して厳しく接した主典の様子が強烈《きょうれつ》だったので、真佐智は主典が苦手だ。

しかし呼ばれているのに無視もできず、炊部司の東に位置する、主典と長官《かん》がいる曹司《ぞうし》へ向かう。曹司の下働きに取り次ぎを頼むと、すぐに中へ通された。

曹司の中は御簾《みす》で仕切られ、それぞれに文机《ふづくえ》が配置されている。その中の一つで待つように言われたので、真佐智は文机を正面に座っていた。ほどなくして、まるまると太った主典が、暑さにふうふう言いながらやって来て、文机につく。こうして見ると、主典は意外に年若かった。奈津よりも、三つ四つ年上なだけかもしれない。

せわしなく扇《おうぎ》を使って胸元《むなもと》に風を送りながら、「呼び立てて、すまぬ」とおざなりに謝るので、真佐智は一つ頭を下げた。

「御用《ごよう》は、なんでしょうか」

「炊部司には慣れたか？　わたしもいちおう、美味宮候補を預かる司《つかさ》の主典として、様子を知っておかねばと思ってな」

冬嗣は真佐智を、炊部の奈津に預けたが、なぜ主典に預けなかったのだろうか。長官は司を統括《とうかつ》する者であるから、いくら美味宮候補の修業《しゅぎょう》とはいえ、特定の役目は負うまい。となると主典に預け、その管理の下《もと》、炊部とともに修業するのが一般的《いっぱん》だろう。

小宮司《しょうぐうじ》の権利を使ったのだろうが、主典を抜《ぬ》きにして、なぜいきなり炊部に任せたのか。

(結局、炊部が指導して修業するから、主典に預けるのはまどろっこしいとか？　冬嗣なら言いそうなことだけど。

ここは当たり障《さわ》りなく、適当な報告をすれば良いのだと判断する。

「特に問題なく、過ごしております」

「そうか？　奈津の下ではやりにくくないか？　あれの父は受領《ずりょう》でありながら、勘解由使《かげゆし》に斬《き》りかかり、傷を負わせたような者であるからな」

二

思いがけない話に、ぎょっとした。それが顔に出たのか、主典はわざとらしく眉《まゆ》を下げて、

「なんだ、知らせておらなんだか。小宮司も、雑なことをなさる」と、大げさに溜息《ためいき》をつく。

「勘解由使が、奈津を従者に欲しがったのに腹を立て、斬りかかったそうなのだ。その結果、位階剝奪《はくだつ》。正気を失い野で死んだ。奈津は知人の寮頭のお情けで、炊部についたのだぞ」

それを聞いた瞬間《しゅんかん》、咄嗟《とっさ》に、「なんで聞いてしまったんだ」と激しく後悔《こうかい》した。奈津が自らの口で語るならまだしも、これは他人の口から聞くべきことではない。

（なんで……なんで、そんなこと喋《しゃべ》るんだ！　わたしに聞かせるんだ！）

かっとした。その表情をどう解釈《かいしゃく》したのか、主典はにやにやする。

「受領が、勘解由使の言葉に腹を立て乱心するとは恐《こわ》いことだ。寮頭も情け深すぎるが、頭の小君も輪をかけて情け深くていらっしゃる。そのことで奈津が良い気になって、身の程知らずのことを考えはせぬかと、わたしは常に気にかけている。どうかな？　奈津の下では、やりにくかろう。小宮司に願い、わたしが直接に面倒《めんどう》を見ることとすれば、奈津もおまえに対して、無礼な真似《まね》はできぬぞ」

ふつふつと、怒《いか》りが湧く。

（こいつは結局、美味宮候補を預かり育てるという務めを奈津から取りあげて、自分の手柄《てがら》にしたいだけじゃないか？）

真佐智が無事に美味宮となれば、毎日、斎王《さいおう》と会うことを許される身分になる。繋《つな》がりを作っておくのは、悪くないと思っているのかもしれない。しかも美味宮を無事に立てられたとなれば、手柄になる。

（でも最初は、わたしがすぐに逃《に》げ帰ったり、どうにも馴染《なじ》めず音を上げたりする可能性があった。そうなれば自分の失態とされるから、しばらく様子を見て、大丈夫《だいじょうぶ》そうだと踏《ふ》んだ。だから今、声をかけたんだ）

主典を、それほど悪人だとは思わない。官吏《かんり》の世界にはよくいる種類の人間だが、しかし、その様はいじましい。

(そこまでして、出世したいのか)

相手を非難した心の声に、同じく自分の声がせせら笑う。

(でも、おまえも同類じゃないか?)

血の気が引く。

真佐智は出世を望んで伊那の地へ来て、美味宮になることを足がかりにしようとしている。

(違《ちが》う。わたしが望んでるのは、こんなことじゃない)

動揺《どうよう》し、真佐智は立ちあがった。主典はびっくりしたように、瞬《まばた》きした。

「どうした」

「わたしは大丈夫です。今のままで、結構です」

それだけ告げて、逃げるように曹司を出た。

(わたしは違う。あいつとは一緒《いっしょ》じゃない。あんなふうになりたくて、ここに来たんじゃない)

必死で言い訳するように戻《もど》ると、既《すで》に夕餉《ゆうげ》の準備のために、全員が厨の中に集まっていた。

自分の思考から逃げるように厨に駆《か》け込んだ真佐智を、奈津が睨《にら》む。遅《おく》れたことを咎《とが》めようとしたらしいが、ふと眉をひそめる。そしてわずかな間を置いてから、

「早く竈《かまど》の火をかき起こせ。夕餉の準備だ」

とだけ命じ、手早く袖《そで》を結《ゆ》わえて作業に入る。動きはじめた厨の流れに乗るように、真佐智

は内心の動揺を隠《かく》して竈へ向かう。

火をかき起こしながら、主典の笑顔《えがお》が何度も蘇《よみがえ》り嫌になる。自分は絶対に、あんなふうになりたいわけじゃない。しかし出世を願うなら、抜け目なく、手柄をものにする必要がある。

(じゃあ、わたしはいったい、どんなふうになりたいんだろう)

わからなくなりそうだった。

夕餉の準備を終えると、厨の者たちの夕餉だ。奈津と並んで膳《ぜん》の玄米《げんまい》に手をつけていると、何気なく奈津が問う。

「何か、あったのか？　主典に呼ばれたと聞いたぞ」

「わたしが、ちゃんとやっていけてるのか訊《き》かれただけだ」

そこで真佐智は、頭の小君の弱々しい肩《かた》の震《ふる》えを思い出す。自分の混乱はさておき、今はまず、彼女をなんとかしなければならないはずだった。あのまま放置すれば、本当に病になる。

「それよりも、頭の小君の様子が良くなかった。夏が終わったら、裳《も》着《ぎ》の儀《ぎ》式《しき》をすることになったらしい」

一瞬《いっしゅん》、奈津の箸《はし》が止まったが、すぐに動き出す。

「それがなんで、良くないに繫《つな》がる」

「頭の小君は裳着を嫌《いや》がってて、ほとんど食べ物を口にしないんだ」

「食わなきゃ、死ぬ。死ぬと思えば食うさ」

冷たく言い放つと、奈津は箸を置き、膳を持って立ちあがる。

「でも、すごく痩《や》せている」

「夏痩せだろう。大げさに騒《さわ》ぐな」

そのまま奈津は行ってしまう。


(いずれ裳着をしなくてはならないのは、当たり前だ。それが来たからって、ものも食わずに拗《す》ねてるのか? 昔から、馬鹿《ばか》なところが変わらない)

蒸《む》し暑さに耐《た》えかねて、厨《くりや》の連中は夕餉の後に井戸《いど》端《ばた》で涼《すず》むことが多い。奈津はそれを横目で見つつ、炊部司を出た。あのまま寝所《しんじょ》に戻って真佐智に捕《つか》まると、頭の小君についてあれこれ言われそうな気がして、鬱陶《うっとう》しかった。

中院の主神司《かんつかさ》の曹司には水が引き込まれ、池が造られている。そこまで歩くと、蒸し暑い中にさらに強い湿気《しっけ》が混じるが、水の涼感《りょうかん》がわずかにある。

蛍《ほたる》が数匹《ひき》、ひょろひょろと飛んでいた。

斎王の屋敷《やしき》と寮頭《りょうのかみ》の屋敷にも池があり、こことは違い、沢山《たくさん》の蛍が生息している。頭の小君も今、蛍を見つめているかもしれない。

幼い頃《ころ》から頭の小君は、勉学が嫌《きら》いで、外で跳《は》ね回るのが大好きだった。話し好きで、人懐《ひとなつ》っこくて、素直《すなお》で、馬鹿だ。彼女には、自分の思いを隠すという芸当はできなかった。だから奈津は知っていた。彼女は幼い頃から奈津のことが好きで、そして今も変わらず好きなのだと。

本人は、奈津に気づかれていないつもりだが、ずっと昔からばれている。

幼い頃から裳着の年齢《ねんれい》になるまで、何も変わらないでいられるのは、希有《けう》なことだ。そのままでいて欲しいとも思うが、その彼女のありようは、困ったものでもある。

（あいつと違って、俺は変わらなければならなかった）

昔と同じように、犬ころみたいな可愛《かわい》い女の子を慈《いつく》しんで、いずれ妻にできれば楽しいだろうと淡《あわ》い期待を抱《いだ》いていられたら、どんなに良かったか。

しかし様々な希望や幸福が、五年前の事件をきっかけに消えた。

奈津の母は、事件の数年前に病を得て亡《な》くなっていた。それでも受領であった父は健在で、亡くなった母の分も奈津を可愛がってくれた。

父の親友である寮頭も妻を亡くし、姫君《ひめぎみ》一人しかいなかった。似た境遇《きょうぐう》の者同士と、父と寮頭は仲が良かったし、奈津と頭の小君も兄妹《きょうだい》のようにして育った。いずれ二人が添《そ》えば楽しかろうと、父親同士が笑い合っていたのを、奈津は覚えている。

確かにあのときは幸せだったし、希望があった。

しかし五年前、都から勘解由使として遣《つか》わされてきた男が、奈津に目をつけたことで世界が壊《こわ》れた。

受領《ずりょう》の最大の役目は、課された税を中央に納めること。一年ごとに、定められた量の税を民《たみ》から徴収《ちょうしゅう》し、中央に納めた証明である解由状が拝受できれば、受領を続けられる。解由状をもらえなければ、解任となる。

中央から派遣《はけん》され解由状を発行する役目を負うのが、勘解由使。

新しく勘解由使となったその男が、奈津を従者に欲しいと父に申し出た。その男は稚児《ちご》が大好きだと、悪い噂《うわさ》ばかり立っている男だったので、当然父は拒否《きょひ》した。解由状を渡《わた》さぬと脅《おど》されもしたが、それでも突《つ》っぱねた。

すると男は奈津を、強引《ごういん》に連れ去ろうとしたのだ。気がついた父が男を追い、相手は飾《かざ》り刀を抜《ぬ》いた。飾り刀といえど刃《やいば》が潰《つぶ》されているわけではない。父と男は刀を奪《うば》い合いもみ合いになり、父の手に刀が渡ったが、そのはずみで男の腕《うで》を斬《き》りつけてしまったのだ。

十一歳だった奈津は、それを目の前で見ていた。

父は受領を解任され、位階剥奪《はくだつ》。私財も没収《ぼっしゅう》となり、奈津とともに野に下った。受領時代に民に好かれていたおかげで、近辺の村に身を寄せ、民の厚意で飯を食わせてもらった。寮頭も援助《えんじょ》してくれた。しかし父は慣れない生活に疲《つか》れ、ほどなく病《や》みつき、亡くなった。

父に申し訳なかった。弱い子どもだった自分が情けなくて、せめてその最期《さいご》のときくらいは、壊れかけた心や病に軋《きし》む体の苦痛を和《やわ》らげたいと願ったが、そのときはどんな術《すべ》も思いつかなかったし、なかった。

一人残された奈津に、寮頭は、斎宮寮《さいぐうりょう》に勤めてはどうかと申し出てくれた。

ただし、と念を押して。

「ただし――我が姫《ひめ》とはもう、身分違いだ。そのことを自覚するなら」

と。告げた寮頭はひどく心苦しそうだったが、奈津の方は、そのように気の毒がる必要はないと思った。逆に、こちらが申し訳ない気すらした。

頭の小君の恋心《こいごころ》は、奈津にもわかるくらいだから、当然父である寮頭にもばれていた。あの姫君の気性《きしょう》からすれば、奈津がどんな身分になろうと、添いたいと言い出しかねない。しかし親としては姫君を、身分もない若者の妻にはできない。要するに寮頭は奈津に、「頭の小君が、奈津を諦《あきら》めるように振《ふ》る舞《ま》うなら」という条件をつけたのだ。

奈津はそれを承知した。言われるまでもなく、添えるわけないとわかっていたからだ。

（でも、あいつは馬鹿だから。頭でわかっていても、心がわかってない）

奈津が炊部司に勤めるようになってからは、嬉《うれ》しげに顔を出す。いくら素っ気なくしても、ぷんぷん怒《おこ》りながら、懲《こ》りずにやって来た。それをもう、四年以上続けている。

あの獅子ヶ峰から戻った日の朝も、そうだ。奈津の無事な姿に涙《なみだ》した頭の小君を見た寮頭は、娘《むすめ》の心が変わらないことを痛感し、焦《あせ》ったのかもしれない。

裳着を済ませれば、頭の小君はもう大人。子どものときと同じようには、会えなくなる。

（それは、どうしようもないことだ）

頭の小君が食を拒否していると、真佐智は奈津に知らせた。彼は、奈津に何かを期待するような顔をしていた。しかし、自分にどうしろというのだと、苛立《いらだ》つ。

一匹《いっぴき》、二匹と、頼《たよ》りなくふわふわと飛ぶ青白い光を、奈津は目で追っていた。


頭の小君を勇気づける手立てを奈津と話し合おうと意気込み、真佐智は寝《ね》ずに頑張《がんば》っていた。しかしなかなか彼は帰ってこず、つい寝てしまった。

起きたら朝になっていて、いつの間にか隣《となり》に奈津が寝ていた。

しまったと臍《ほぞ》をかむが、話をする暇《ひま》もなく、朝の仕事に入る。勤めが終わっても、奈津はさっさと飯を食い、ふいと姿を消す。あきらかに真佐智との会話を避《さ》けている。

（奈津の奴《やつ》）

その態度に、段々腹が立ってきた。頭の小君があれほど苦しんでいるのに、幼馴染《おさななじ》みの彼が、それを知ろうともしないのが腹立たしい。

不本意ながら聞いてしまった、奈津の過去。主典《さかん》は、寮頭の情けで奈津は炊部となったと言ったが、もしそうだとすると奈津は、頭の小君との身分違《ちが》いや、自分の身の上に引け目を感じているのかもしれない。

しかし彼女の状態を見ると、身分や引け目や、そんなことにこだわっている場合ではない。

それを気にするのは、臆病《おくびょう》だとさえ感じる。

真佐智がそんなふうに思う一方で、奈津は徹底《てってい》して、真佐智と会話することを避けはじめた。

朝の勤めの後と夕餉《ゆうげ》の後は、いつの間にか炊部司からいなくなる。夜、寝所に帰ってくるのも、狙《ねら》い澄《す》ましたように真佐智が睡魔《すいま》に負けた後だ。

真佐智はあれから毎日、朝の仕事の後に頭の小君を訪ねた。

厨の連中にねだって、干し魚の身をほぐして混ぜ込んだ握《にぎ》り飯《めし》とか、香漬《かおりづけ》とか、西瓜《すいか》とか、色々と持参してみた。だが頭の小君は礼を言うだけで、手をつけようとしない。

七日も経《た》つと、いよいよ痩《や》せ細り顔色も悪くなってきた。この蒸し暑いのに、少し肌寒《はださむ》いと袿《うちき》を身に引き寄せたりする。手首と項《うなじ》の細さに危機を感じる。

「食べて、頭の小君」

懇願《こんがん》すると、頭の小君は、うんと素直に頷《うなず》き箸《はし》を手にするが、ほとんど食は進まない。

「美味《おい》しい？」

無理に気分を盛り上げようと笑顔《えがお》で問うが、相手も無理な笑顔で、

「うん」

と頷く。でも箸は動かない。

食べる必要があるとわかっていても、本当に食べたくないのだと真佐智は知っている。お腹《なか》も空かないのだ。ともすれば、食べなくても大丈夫《だいじょうぶ》ではないか、と思ってしまう。

その様を見舞《みま》う真佐智の方が苦しくなり、奈津への苛立ちは募《つの》る一方だった。頭の小君がこんなに悩《なや》み打ちひしがれているのに、なぜ彼は、気にしようともしないのだ、と。

その日の夜も奈津は夕餉の後、姿を消した。

（今夜こそ、話をするんだ）

いつもは夜中近くになると疲れて寝入《ねい》ってしまっていたが、その日は、目が冴《さ》えていた。積もり積もった苛立ちに、睡魔も退散したようだった。

高灯台《たかとうだい》に火をつけたまま、待ちくたびれて寝入ったように装い横になっていた。すると虫の音が勢いを増す夜中に、床板《ゆかいた》を踏《ふ》む音が聞こえた。帰ってきたと察したが、目を開けずじっとしていた。

奈津が寝所《しんじょ》に入ってきた。真佐智の隣に腰《こし》を落ち着けた気配を察した途端《とたん》に目を開き、彼の手首を握った。驚《おどろ》いた顔をして、奈津がこちらを見おろしていた。

「起きてたのか」

「待ってたんだ。話がある」

言いながら体を起こすが、手は離《はな》さなかった。

「ここで話したら、隣の人たちを起こしてしまうから、外へ出よう。来て」

立ちあがって手を引くと、「離せ」と奈津はふり払《はら》おうとする。しかし力をこめ、それを阻《そ》止《し》して強い口調で告げた。

「離さない。離したら、奈津は逃《に》げる」

三

ぐいぐい引っ張ると、仕方なく奈津はついてきた。大樹の傍《かたわ》らにある井戸端《いどばた》にまで来ると、我慢《がまん》の限界とばかりに奈津は手を払う。

「もう、離せ。鬱陶《うっとう》しい。なんなんだ、いったい。話ってのは、なんだ」

「頭の小君のことだ。教えたよね？　裳着《もぎ》を嫌《いや》がって、食べなくなってるって。このままじゃ、病気になる」

「それが、どうした。それを俺に教えて、なんだっていうんだ」

「頭の小君が心を開いて接することができるのは、奈津だけのような気がする。だから奈津が見舞って、勇気づければ」

「なぜ俺だ」

「二人は幼馴染みだろう。しかも奈津の母君は、本当の母のように頭の小君を可愛《かわい》がっていたんだろう？　それなら」

言葉を遮《さえぎ》るように、奈津は足元にあった桶《おけ》を蹴《け》った。眉《まゆ》が吊《つ》り上がる。

「昔のことを持ち出すな！　何も知らないくせに、お節介《せっかい》を焼くな」

「昔話をしたくて、したんじゃない。ただ頭の小君をなんとかしてあげないと」

真佐智もつい、声が高くなる。

「放《ほう》っておけ」

「放っておけないから、こうやって奈津に話してるんだ」

そこで真佐智は意を決して、口にした。

「頭の小君は、きっと奈津のことが好きだ。知ってるんだろう？」

真佐智から視線をそらし、奈津は沈黙《ちんもく》した。月が明るいのは幸いだった。彼の表情が良くわかる。横顔には、すこし動揺《どうよう》が見えた。

「知ってるんだね。だから奈津は頭の小君に素っ気ない態度を取るんだろ。それは遠慮《えんりょ》？　引け目？　でも頭の小君が追い詰《つ》められているときくらい、その遠慮だか引け目だか、そんなもの踏み越《こ》える必要があるだろう。それができないのは臆病だ」

「……何も、知らないくせに」

奈津が呻《うめ》く。真佐智は小さく首を振る。

「ごめん。聞く気はなかったけど、昔、奈津に何があったかは主典から聞かされた」

自嘲《じちょう》するように奈津が笑う。

「へぇ、そうか。なら話は早い。教えてやる。俺は、あいつと関《かか》われない。それを条件に炊部になった」

「だとしても、今の頭の小君は放っておけない状態だ。それは助けなきゃいけないだろう。それが奈津にできるなら」

「俺に何ができる！」

「それは、会って考えれば良いだろ！　会うことすら拒否《きよひ》するのは、思考を止めるのと同じだ。それは怠惰《たいだ》で、臆病者だ」

「臆病だと！」

胸《むな》ぐらを摑《つか》まれ、真佐智はびくりとした。しかしここで引き下がっては、何もできない。胸ぐらを摑む奈津の手首を両手で握り、抵抗《ていこう》する。

「本当のことだろう、臆病者。頭の小君の顔を見るのが、恐《こわ》いんだろう！」

突然《とつぜん》、頰《ほお》にがつんと衝撃《しょうげき》が来た。何が起こったかわからず呆気《あっけ》に取られたが、真佐智は地面に這《は》いつくばっていた。そこでやっと殴《なぐ》られたのだと悟《さと》った。

「おまえにだけは、臆病者呼ばわりされたくない。おまえは、父君からの文《ふみ》さえ怖《こわ》がって読めないじゃないか。読まないなら捨てれば良いものを、捨てる勇気もなくて衣装箱に放りこんであるくせに。腰抜《こしぬ》け！」

殴られたことと、頭上から叩《たた》きつけられた言葉に、体中の血が沸《わ》くほどにかっとして、上体を起こすと素早《すばや》く奈津の足に組み付いた。油断していた奈津が地べたに尻餅《しりもち》をついたので、それに摑みかかる。

自分の臆病《おくびよう》さを知られていたことが、どうしようもなく恥《は》ずかしくて、情けなくて、それが怒《いか》りにすり替《か》わる。

「わたしは臆病じゃない。奈津と一緒《いっしょ》にするな！　あんなもの、読むことなんか恐くない」

「じゃあ、読め！」

肩《かた》を突《つ》き飛ばされ、地面に転がった。奈津は落ち着いて立ちあがると、直垂《ひたたれ》の砂を払う。真佐智は腕《うで》で体を支え、彼を睨《にら》みつけながら立ちあがる。

「読むよ。今から、読む。わたしが読んだら、奈津は頭の小君の所へ行け！　行けなかったら、わたしよりも臆病者の証拠《しょうこ》だ」

叫《さけ》ぶと同時に、寝所へ向けて駆《か》けた。足音も荒《あら》く寝所に踏みこみ、衣装箱を開けて文を取り出す。

（こんなものさっさと読んで、恐がってたわけじゃないと、奈津に突きつけてやる）

心の奥底では、止《や》めろ、恐い、と囁《ささや》く声が聞こえた。そこに書いてある何かで、今よりさらに父に絶望するかもしれない。憎《にく》むかもしれない。父への親しみすら、欠片《かけら》も残らず消え失《う》せるかもしれないぞ、と。しかし興奮が、その声をねじ伏《ふ》せた。

（そんなこと、わかってる。だからなんだっていうんだ。平気だ）

むしるように文を開き、高灯台の灯《あか》りにすかす。

記された流麗《りゅうれい》な文字からは、まるで父の声が傍らで聞こえたかのように身近な感じがした。

時が逆流して、父が須王に流された当初、文を待ちわびていたときの気持ちに一気に引き戻《もど》される。

『吾子《あこ》よ』

『おまえは既《すで》に、伊那の地へ移り、新しい土地にも慣れている頃《ころ》だろうと文を書くことにした。長く文が届けられなかったことを、許して欲しい。御門《みかど》のお怒りは今尚《なお》激しく、わたしが都に文を送っていると知られてからは、それを禁ずる旨《むね》が伝えられた。そのため突然文が届けられなくなり、どれほど寂《さび》しく不安な思いをさせたか。許して欲しい。ただこうなったことを、わたしはなんら恥《は》じるところがない。それだけは知っておいて欲しい』

文を禁じられた。そのことに真佐智は、息が止まるほど驚く。御門の怒りが、未《いま》だにそれほど大きいとは思わなかったからだ。父は恥じるところはないと書いているが、何があったのか見当もつかない。

しかし文は、一方通行。訊《き》きたいことには答えてくれず、さらさらと言葉が進んでいく。

『そろそろおまえも、元服の年頃《としごろ》。しかし、ままならぬだろうと心を痛めていた』

そこにある元服の文字に、つい「あ……」と声が漏《も》れた。

(元服のこと、父君は忘れていなかったのか)

父の文が途切《とぎ》れてから一年半以上の間、真佐智が気にして焦《あせ》っていたことを、同時に遠い須王の地で、父も気に病《や》んでいたのだ。

『そんなおり、友の一人がわたしを須王に訪ねてきた。彼は、おまえが元服する方法があると教えてくれた。わたしは彼に全《すべ》てを託《たく》した。彼が全て良いようにしてくれるはずだ』

全てを託したとあるが、父はいったい誰《だれ》と、何を謀《はか》ったのか。疑問に思うが、気が急《せ》いてそこを突き詰めて考えることなく、先を読む。

『おまえは、伊那の地へ向かったと聞いた。伊那の地へ向けての文であれば禁じられていない。ようやくおまえに、文を届けられることが嬉《うれ》しい』

嬉しい、という控《ひか》えめな言葉とともに、記憶《きおく》の中にある父の笑顔《えがお》が蘇《よみがえ》る。父は万事《ばんじ》控えめな人で、良いことがあっても、大げさに喜んだりはしない。「嬉しいな」と一言言って、ただ微笑《ほほえ》む。それが本当に幸福そうなので、真佐智は父の微笑みが好きだった。

文は続く。

『都を離《はな》れて心細いだろう。しかし暫《しばら》く待っていれば、きっと迎《むか》えを送ってやれる。よい子で待っていなさい。寂しいだろうが、信じなさい。安心して待っていなさい』

真佐智は既に十四歳で、父と別れた十一歳のときとは違《ちが》う。しかし父はまるで十一歳の子どもを慰《なぐさ》めるように、きっと迎えに行く、信じろ、安心して待てと、くどいほどに書いている。頭では真佐智が十四歳だとわかっていても、別れたときの感覚が抜《ぬ》けないのだろう。

父は自分の近況《きんきょう》を、ほとんど書いていない。ただ都へ送る文さえも禁じられるとなると、彼は虜囚《りょしゅう》のような日常を送っているのではないかと思えた。生活の厳しさを物語るように、文の紙はごわごわで、墨《すみ》も掠《かす》れがちだ。

それでも愚痴《ぐち》一つ、書かれていない。書かれているのは、真佐智を気遣《きづか》う言葉ばかり。

――待っていなさい。

その言葉が今まで一番嫌《いや》だったのに、文字からは労《いたわ》りばかりが溢《あふ》れている。

(父君)

別れたあのときのように、自然と胸の中に言葉が湧き、無意識に父を呼んでいた。

(父君。父君)

現実の不安で気持ちがねじれ、父と自分を切り離したいと願っていた。しかしそこに書かれた文字が、一年半以上にわたってねじれ続けた気持ちを、一気にぐるりと解《ほど》いてしまう。それがあまりにも急激で、対処できず、息が苦しくなり、文を顔に押し当て蹲《うずくま》る。

頭を、思い切り揺《ゆ》さぶられてしまったような感覚だった。目眩《めまい》さえ覚えてしまう。

(父君)

文からは、須王の潮の香《かお》りがかすかにした。それは父の袖《そで》の香《かお》りのような気がして、同時にその袖に頭を優《やさ》しく撫《な》でられたようで、息苦しさを吐《は》き出すように嗚咽《おえつ》が漏れた。

――待っていなさい。

それは優しすぎる、父の声そのものだ。

「……今更《いまさら》……今更……」

文を読むのが恐かった。書かれているのが、薄《うす》っぺらいご機嫌《きげん》うかがいの言葉や軽い歌だったら、今以上に父への愛情が消えるのが恐かったのだ。父を疎《うと》ましく感じ、自分と切り離したいと思っている以上に、憎むことになるかもと恐かった。そればかりを恐がっていた。

けれどそこに書かれていたのは、ただ優しいばかりの父の言葉で、自らのことよりも、真佐智を案じる心だけだった。せっかく父と自分を切り離し、自分は自分で生きようと決心していたのに。今更、こんな優しさを知らされても、困るのだ。

暑い盛りのこと。昼間と同様に蔀《しとみ》や妻戸は開け放っているので、高灯台《たかとうだい》の周囲には小さな蛾《が》が次々とまとわりついては、焼け落ちている。

(……会いたい。父君)

我慢《がまん》に我慢を重ねていた思いが、吹《ふ》き出す。その場から動けなかった。

奈津が寝所《しんじょ》に入ってきたが、真佐智の様子を見て驚《おどろ》いたように足を止めたのが、床《ゆか》の軋《きし》みでわかる。しかし顔をあげられなかった。

暫くして、奈津は静かに真佐智の傍《かたわ》らに寄ってきて、膝《ひざ》をついたようだ。

「読んだのか」

静かに彼は問う。真佐智は嗚咽を呑《の》みこむのが精一杯《せいいっぱい》で、首ひとつ動かせない。

「その文《ふみ》が来たとき、俺の位置から差出人の名が見えた。おまえに、父君からの文が来たのが、俺は……少し羨《うらや》ましかったんだ。俺の父君は、二度と文を書いてくれない」

父に会いたい幼い気持ちと、今現実に対処しなければならない気持ちがごちゃごちゃになり、奈津の声には一言も答えられず、真佐智はただ文に顔を埋《うず》めていた。

「おまえは、臆病じゃない。悪かった」

すっと奈津が立ち、出て行った気配がした。

混乱する頭で真佐智は、奈津は頭の小君に会いに行ったのだろうと確信した。


奈津は寝所を出ると、迷わず、自分たちが普段《ふだん》食べるものを料理する厨《くりや》へ向かう。

ひと月以上前、真佐智に送られてきた文は、彼の父からだということは知っていた。文を手にした真佐智があまりに動揺《どうよう》していたので、手元を見てしまったのだ。そこには彼の父、宣親の署名が見えた。それに動揺する彼が、気の毒と思うよりも羨ましかった。

嫌《きら》いだろうが、憎んでいようが、父が生きているということが羨ましい。今は会いたくなくても、いずれ会いたくなるときが来るかもしれない。そんな日が来たら、会える。

奈津の父は、どんなに望んでも二度と会えない。奈津は父を尊敬していたし、好きだった。

外に比べていくぶんひんやりした土間の柱に、蠟燭《ろうそく》を灯す窪《くぼ》みがある。そこに残っていた蠟燭に火を灯すと、厨の中がぼんやり明るくなる。

奈津は食器類が収められた棚《たな》から、少し大きめの汁椀《しるわん》を二つ取り出した。

厨の奥の棚に、夕餉《ゆうげ》の準備で使った出汁《だし》の残りがあった。その出汁を二つの汁椀に注ぐ。そこに薯蕷《じょうよ》をすり下ろし入れ、軽く混ぜ合わせる。塩と醬油《しょうゆ》で軽く味を調《ととの》えると、最後に中央をへこませて、卵黄《らんおう》を落とし入れた。細かで香りよい青のりをふりかけると、蓋《ふた》をした。

一つの椀はそこに残し、一つだけを手にして、寮頭《りょうのかみ》の屋敷《やしき》へ向かう。

(あいつは、本当に馬鹿《ばか》なんだな。真っ正面から向き合うから、泣く羽目になるんだ)

蹲って声を殺して泣く真佐智の背を見て呆《あき》れる一方で、怒りに任せてにせよ、文を開いた勇気は認めた。

そこに何が書かれていたのかは、知るよしもない。けれど彼がずっと怯《おび》え続けていた以上のことが、書かれていたのだろう。覚悟《かくご》を上回ったからこそ、真佐智は泣いたのだ。

彼にそれを強《し》いたのだから、自分も行かねばならない。これで何もしなければ、本当に怠惰《たいだ》な臆病《おくびょう》者になる。

都育ちの真佐智よりも、自分が臆病だとは思いたくない。

自分には、目の前の現実を受けとめられる自信がある。けれど真佐智のように真正面から受けとめるのではなく、軽くいなした後に、飼い慣らしながら受けとめるのだ。

ただ頭の小君に関しては、その飼い慣らし方がわからず、逃《に》げていたのは確かだ。

飼い慣らし方のわからないものを、今、受けとめなければならないとしたら――真佐智が言うように、まずその場で彼女と向き合ってから、考えても良いのだ。それが恐《こわ》かったが、逃げ続けていても、頭の小君が苦しむだけなのだろう。

正式な対面が許されるはずもなく、夜も遅《おそ》い時間だったので、寮頭の屋敷に無断で入り込む。庭を回って東の対屋《たいのや》へ行く。東の対屋の正面は、池に面しているので地面が湿《しめ》っていた。沢山《たくさん》の蛍《ほたる》が、青白い光を放ってふわふわと飛び回っている。

蛍の光に照らされながら、簀子縁《すのこえん》の欄干《らんかん》に沿わせた腕《うで》に頭を載《の》せ、頭の小君がぼんやり座っていた。

首も手首も、細くなっていた。その痛々しさに、ずっと覚悟ができないままで、こうやって来ることを拒絶《きょぜつ》していた己《おのれ》の愚図《ぐず》さを思い知る。

「誰《だれ》!?」

奈津の影《かげ》に気がついたのか、頭の小君がびくりと身を起こす。

「小君」

昔と同じように呼ぶと、彼女は目を見開く。

「奈津?」

簀子縁に近づくと、手にしていた汁椀を差し出す。いつものように、ぶっきらぼうに告げる。

「食べるものを持って来た。食べろ」

驚きのあまりか、頭の小君は素直《すなお》にそれを受け取ると膝の上へ置く。何を言うべきか思いつかないのか、彼女は目をまん丸にしているだけだ。

「裳着《もぎ》を嫌がってると聞いた。どうしてだ」

問うと、瞳《ひとみ》が揺れた。追い詰《つ》められた兎《うさぎ》のように、頭の小君は臆病そうに口を開く。

「だって、もう子どものときのように自由に歩けなくなる。裳着が終わったら、普通《ふつう》はすぐに妻になる約束を、父君が誰《だれ》かと交《か》わすはずだもの。わたしは、そんなの嫌」

「仕方ない。誰しも、子どものままではいられない」

「嫌。だって、もう……奈津と……奈津と……」

戸惑《とまど》うように繰《く》り返し、小さく呟《つぶや》く。

「会えなくなる」

そう告げた途端《とたん》に瞳に涙《なみだ》がもりあがり、ぽろぽろと零《こぼ》れた。それは彼女なりの決意の、恋心《こいごころ》の吐露《とろ》だとわかった。

できるなら、それに応《こた》えたかった。しかし応えることができない。

(現実を変えるため、八方破れの行為《こうい》に出られるほど子どもでもない)

物語のように、この場から頭の小君を攫《さら》って二人で逃げても、その先がないのはよくわかっている。だから可能なことを、するしかない。

手を伸《の》ばし、汁椀を抱《かか》える両手の上に手を重ねた。

「会えなくなる。おまえは、誰かの妻になるかもしれない。それは避《さ》けようがないことだ」

「嫌っ！」

激しく首を振《ふ》って動揺した彼女の手を、ぐっと握《にぎ》る。

「聞け。小君！」

叱責《しっせき》する強さで囁《ささや》くと、彼女は涙で濡《ぬ》れた顔をあげた。

「おまえは子どものように、外を出歩けなくなる。俺や真佐智や小宮司《しょうぐうじ》にも、会えなくなる。誰かの妻になるのも、遠いことじゃないかもしれない。それは仕方ないことだ。覚悟しろ。けれど俺は」

そこで言葉を切り、彼女の目を見つめて真っ直ぐ告げた。

「俺は、おまえに会えなくなっても、おまえが誰の妻になっても、おまえのことを昔と同じように思い続ける。それでは、不満か？」

頭の小君は、目を見開く。

（俺は、馬鹿なことを言っているな）

彼女と添《そ》えないことは知っているが、彼女を可愛《かわい》いと思う気持ちは消せないでいる。そんな愚《おろ》かしい事実を彼女に告げ、自分はこうだ、これで良いかと訊《き》いているのだ。

自分がどんなに彼女を思っていても、現実は変えられない、何もできないのに。

それで許してくれ、満足してくれと言っているのだ。馬鹿馬鹿《ばかばか》しいとしか、言いようがない。

（思いが続いていても、なんにもならない）

けれど、と奈津は思う。頭の小君は、冷淡《れいたん》に振る舞《ま》う奈津に腹を立てながらも、ずっとまとわりついていた。それを煩《わずら》わしいと口では言いながら、ある部分では嬉《うれ》しかったのも確かだ。違《ちが》う道を歩む人の心の中に、自分が居る。そのことでわずかに、繋《つな》がっていられる。

そんなささやかなことで、頭の小君は納得《なっとく》するだろうか？

（でも、こいつが昔と変わらないのであれば）

頭の小君は、昔から大盤《おおばん》振る舞いの幸福でなければ満足しない子ではなかった。小さな幸福を、大切に胸にしまいこんで、それを時々取り出し、にこにこと笑って眺《なが》めるようないじらしいところがあった。

「どうだ？」

再度問うと、頭の小君が小さく首を傾《かし》げる。

「思う？　奈津は、わたしのこと思い続けてくれるの？」

「約束する」

「昔と同じ？　わたしのこと、嫌いになったのじゃない？　あんなに冷たかったのに」

「身分と立場があるから、昔と同じには振る舞えない。でも俺は、小君を、嫌いになったことは一度もない」

「じゃあ奈津は、わたしのこと好き?」

まったく昔と変わってないなと、奈津は思う。

幼い頃《ころ》、彼女は確認《かくにん》のためにしばしば訊いた。「わたしのこと、好き?」と。冗談《じょうだん》でも「いいや」と言うと泣き出し、「うん」と答えれば、舞いあがるように喜んだ。

好きと、言葉にしてはならなかった。昔と同じ思いであると告げたのは、ほとんど恋《こい》の告白だ。しかしだからといって、真っ直《す》ぐな言葉を使っていい立場ではないのだ。

(もし、それを言葉にしたら)

言葉に引きずられ、奈津は今すぐ頭の小君を攫って逃げ出したくなるかもしれない。

言葉にしてはいけなかったから、奈津は、ただ微笑《ほほえ》む。

意図が伝わったのか、頭の小君は花が開くような笑顔《えがお》になる。

暫《しばら》く、見つめ合った。ここ数年、互《たが》いにいびつな芝居《しばい》を強いられていたような気がする。その舞台《ぶたい》が突然《とつぜん》暗転し、舞台が消え、現実の地面の上に立ったかのようだ。昔と同じような心地《ここち》よさを、互いの視線に感じた。

「元気になれ、小君。おまえの元気がないと、つまらない。それを食べろ。薯蕷を出汁《だし》で割ってある。しばらく何も食べてないなら、すぐには沢山食べられない。それを食べて、明日からゆっくりと粥《かゆ》でも食べろ」

手を離《はな》して歩き出そうとすると、呼び止められる。

「このお椀《わん》、どうすればいいの？」

「普段《ふだん》使ってる椀で、古いものだ。返す必要はない。池にでも放って、蛍のねぐらにしろ」

奈津が来たことを知られてはいけなかったから、痕跡《こんせき》は残しておけない。それを悟《さと》ったように、頭の小君は頷《うなず》く。

「うん」

青白い蛍の光を左右に見ながら、奈津はその場を離れた。頭の小君の顔を真正面に見ることは、考えていたほど困らなかった。避けていたから、正面で向き合ったときのことが恐《こわ》かったが、向き合ってみれば昔と変わらなかった。

(真佐智に、礼を言うべきなのだろうな)

あれほど彼が奈津に食い下がらなければ、頭の小君とは生涯《しょうがい》、向き合うことはなかったかもしれない。

頭の小君は、奈津の言葉に笑顔を見せてくれた。しかし——奈津の思いが変わらないと聞いた彼女が笑えるのは、きっとまだ幼いからだ。奈津の思いは変わらないと約束できるが、二人の道が交わらないことも変わらない。その切なさを、彼女は想像できないのだろう。

しかし今は、それを想像できないことは、幸せかもしれない。

手に残った汁椀《しるわん》の木目は、使い古した感が強い。使い込まれた様子に、奈津の存在を感じて愛《いと》しい。蓋《ふた》を取り中の薯蕷をすすると、卵黄のまろやかさと、青のりの磯《いそ》の風味が薯蕷と出汁の風味と溶《と》けあって、するりと喉《のど》を通り、喉の奥から広がるような旨《うま》みを感じる。

「……美味《おい》しい」

涙が零れた。

奈津は、昔と同じように思い続けると言ってくれた。五年前の事件から奈津の態度が変わってしまい、彼の心の中も、自分に対する思いも、変わってしまったのかもしれないと想像すると苦しかった。でも奈津はやはり、奈津だ。昔と変わらない。

(思いが変わらなくても、奈津と添うことはできない)

それがどれほど切ないことか――頭の小君は、良くわかっていた。想像できていた。

けれど奈津が思い続けてくれるなら、添えないまでも、わずかでも彼の近くにいたい。距離《きょり》があったとしても、誰《だれ》の妻になることもなく、自分も彼を思い続けていたい。いっそ斎王《さいおう》のように生涯誰《しょうがいだれ》とも添えぬと決まっていれば、その方が良い。そこまで考え、ふと、気がつく。

(斎宮《さいぐう》様だ。斎宮様に、お願いすれば)

斎王の側《そば》に仕える女官《にょかん》は、別当、内侍《ないし》、宣旨《せんじ》に女嬬《めのわらわ》、幾人《いく》もいる。その中の一人として斎王に仕え続ければ、無理に誰かの妻になる必要はない。

父である寮頭《りょうのかみ》は、頭の小君が斎王に仕えたいと申し出ても、首を縦にふるはずがない。

しかしこれが斎王の思《おぼ》し召《め》しであれば、そうはいかないはず。

(斎宮様に、お願いしてみよう。わたしを、お側に仕えさせてくださいと)

そうすれば無理に誰《だれ》かの妻にされることもなく、美味宮《うましのみや》や、主神司、十二司《じゅうにし》とも接することができる。奈津や、真佐智や冬嗣と会える。互いに近づくことはできなくとも、互いに密《ひそ》かに思い合いながら、目線を交《か》わせる。

(斎宮様に、お目にかからないと)

はやく元気になり、内院を訪ねなければならない。ずっとろくに食べていないので、体がしゃんとしないし、歩くとふらつくのだ。頭の小君は汁椀を傾《かたむ》け、中のものをすする。

食べ終わった汁椀は綺麗《きれい》に拭《ぬぐ》い、ふらつく足で庭に下り、池のほとりにそっと沈《しず》めた。水に沈む汁椀の中に、ゆらゆらと蛍《ほたる》の光が反射して映った。

(ごめんなさい、父君)

寮頭は妻の忘れ形見の一人娘《むすめ》を、とても可愛がってくれている。常に彼女の意志を優先し、斎宮寮《さいぐうりょう》内を歩き回ることも、苦笑いしながら認めてくれていた。その父が彼女の思いも問わず、勝手に裳着《もぎ》を決断した理由は一つ。幸せを願ってのこと。身分に相応《ふさわ》しい人と添い、子をもうけ歌や楽に親しみ、不自由なく、幸福な姫君《ひめぎみ》としての人生を送って欲しいだけ。

寮頭の愛情の深さを、娘である頭の小君は知っている。寮頭は奈津の身の上にもひどく心を痛め、できうる限りのことをした。奈津の身分がなくなってしまったことを、心から残念がり、悔《くや》しがってくれた。優《やさ》しい人なのだ。

そんな父が望んでくれた自分の未来を、自分の手で変えてしまうのは申し訳ない。けれど、頭の小君の幸福はきっと、あたりまえの姫君として笑って過ごす場所にはない。

（本当に、ごめんなさい）

青い蛍の光を目で追いながら、今一度心の中で詫《わ》びた。


感情の揺《ゆ》れ幅《はば》が大きすぎ、真佐智は文《ふみ》を膝《ひざ》に置いてぼんやり座っていた。

さすがに涙《なみだ》は止まっていたが、今まで父に対する鬱屈《うっくつ》が居座っていた場所が空洞《くうどう》になって、呆然《ぼうぜん》としていた。そこに新たに父への恋しさや慕《した》わしさが座るには、まだ鬱屈の余韻《よいん》が強すぎて無理だ。だから空洞になるしかない心の一部が、思考を鈍《にぶ》らせ、頭がぼんやりする。

どのくらいそうしていたのかわからないが、奈津が寝所《しんじょ》に入ってきたので、正気づく。

奈津はなぜか汁椀を手にしており、真佐智の側に座ると、差しだした。

「頭の小君に届けた、余りだ。勿体《もったい》ないから、食え」

思考が鈍っていたので、何も考えずにのろのろ汁椀を受け取り、蓋を開く。そこには真っ白な上に鮮《あざ》やかな黄身、青のりが散らされた薯蕷が入っていた。

「これなら、頭の小君は食べられるね」

ぼうっとしながら言うと、奈津は頷く。それを見て、奈津も頭の小君の所へ行ったんだと実感し、ほっとした。

「頭の小君は、食べた？」

「食べるところは見てないが、空の椀をどうすれば良いかと訊《き》かれた。あれなら、食うさ」

「安心した」と、呟《つぶや》く。自分は、親切にしてくれた頭の小君の役に立てた。

改めて汁椀を見おろすと、余り物という感じではないことに気がつく。ふんわりと白い薯蕷の中央に落とされた黄身も、その周囲に散らされた青のりの散らし具合も、きちんと気を遣《つか》い作られたひと椀であることは明白だった。

もしかしたらこのひと椀は、真佐智への詫びとか礼のつもりだろうか。そんな気もしたが、あえて問うほど無粋《ぶすい》でもない。彼の心遣《こころづか》いだけ仄《ほの》かに感じ、汁椀に口をつけた。

「美味しい」

空洞の心に、ものを食うという生命と直結する喜びが注ぎ込まれる。するとなぜか、

「父君の文を、読んだ」

と、ぽろりと言葉が零《こぼ》れてしまう。

「父君は、わたしのことを見捨てたり、忘れたりしたわけじゃなかった」

ねじれた心がほどけると、十一歳のときとさして変わらない思いが自分の中にあった。父に会えないことが寂《さび》しくて、そして父に忘れられることが恐《こわ》くて哀《かな》しくて、怯《おび》えていた。しかし膝の上にある潮の香《かお》りのする文が、真佐智の幼い心を慰撫《いぶ》する。

大丈夫《だいじょうぶ》。父は、おまえのことをずっと思っている、と。

「良かったな」

思いがけず優しい声に驚《おどろ》き、奈津を見やる。彼の表情は柔《やわ》らかい。

「俺も頭の小君に会ってわかった。あいつはやっぱり、昔と変わらない」

真佐智は、微笑《ほほえ》む。

「良かったね」

奈津に殴《なぐ》られた頰《ほお》はじんじんしていたが、気にならない。

それどころか、じんわりと嬉《うれ》しかった。

五帖❀何処にか在りしものかな

一

暑さがやわらぐと空が高くなり、実りの季節がやって来た。

秋は米に麦、果物、野菜、茸《きのこ》と、様々な食材が豊富だ。炊部司《かしべつかさ》の連中が最も目を輝《かがや》かせる時季。何しろ、米にしても収穫《しゅうかく》したばかりの新米が食える。つやつやもっちりとした新米の美味《うま》さは格別だ。

食材を調達する膳部司《かしわでべつかさ》も張りきっており、毎日のように、あの食材が入ったこの食材が入ったと炊部司に連絡《れんらく》を寄こす。それを膳部司に取りに行くのは、一番下っ端《ぱ》の真佐智の役目。

(栗《くり》だ、栗だ)

空の笊《ざる》を抱《かか》えた真佐智は、足取りも軽く膳部司に向かっていた。良い栗が入ったと連絡を受けたので、それを取りに行く途中《とちゅう》だった。

斎王《さいおう》や美味宮に栗を使った料理を出すためだが、余った栗は厨《くりや》の者たちの口にも入る。今夜の夕餉《ゆうげ》の当番が、栗ご飯《はん》にしようと言ったので、浮《う》き浮きしていた。

もうすぐ頭《かみ》の小君《こきみ》の裳着がある。

しかしそのことを頭の小君自身が、苦痛にしていなかった。

驚いたことに、奈津が頭の小君を見舞《みま》った数日後に、彼女は元気に炊部司に顔を見せた。奈津は相変わらず素っ気なかったが、厨の者たちは、彼女の快復を喜んだ。そしてさらに驚いたことに、斎王から直々の申し入れがあり、裳着を終えた頭の小君は、斎王の側《そば》に仕えるために采部司《うねべつかさ》に出仕するという話が飛び出した。

その話を頭の小君の口から聞いたとき、真佐智は純粋《じゅんすい》に喜んだ。しかし奈津は心底驚いた顔をしており、頭の小君は「してやったり」というような、満足そうな笑《え》みを見せた。寮頭《りょうのかみ》は出仕を望んでいなかったらしいが、斎王たっての希望とあれば承知するしかなかったようだ。

頭の小君の問題も片付き、気がかりもなく、厨の勤めにも慣れてきた。夕餉の献立《こんだて》を楽しみにする余裕《よゆう》が生まれるほど、心が軽い。それは父の文を読めたことも、大きい。

父は遠くにいても、ずっと真佐智を思ってくれている。愛されていることは、大きな安心感を与《あた》えてくれる。

膳部司の門前まで来たとき、真佐智はおやっと思って歩調を緩《ゆる》めた。頭から衣《きぬ》を被《かぶ》り、おどおどと門の内側を覗《のぞ》く不審《ふしん》な少女がいたのだ。訝《いぶか》しみながら近づいて、「何をしているんですか」と問うと、彼女はひゃっと悲鳴をあげて飛びあがった。

「別に、何も悪いことはしてません。わたしは、栗が、栗が欲しくて」

小動物みたいなその目に、覚えがあった。

「あなた。あのときの。美味宮《うましのみや》の人」

すると相手も真佐智の顔を見て、「あら」と微笑む。茅の父親のために御食《みけ》をわけてもらえないかと、美味宮の門前まで訪ねたときに出会った、あの少女だ。

「どうしたんですか？　こんなところで」

「栗が欲しくて来たんです」

「美味宮へは、膳部司が食材を届けているんじゃないですか？」

「ええ。でも明日の御食を作るために、栗がもう少し必要なんです。いつもだったら膳部司の方が午後に、足りないものはないかと訊きに来てくれるんです。でも今日は忙《いそが》しくて、忘れられているみたいで。訊きに来てくださいというのも悪いので、直接取りに伺《うかが》ったんですけど。どこへ行って、どなたに声をかけるのか、わからなくて」

食材が豊富なだけに、膳部司の者も外を飛び回っている。そういったうっかりも、あるのだろう。

「わたしも栗をもらいに来たから、ちょうど良いです。一緒《いっしょ》にもらってきます」

気軽に受けあうと、彼女はとても喜んでくれた。膳部司で笊いっぱいの栗をもらい、さらに彼女のぶんの栗も、彼女から預かった小ぶりの麻袋《あさぶくろ》に入れてもらった。

門前で待っていた彼女にそれを渡《わた》すと、袋いっぱいのつやつやの大きな栗に目を輝かせた。

「わぁ。良い栗ね。美味《おい》しそう」

「炊部司では、今日は栗ご飯を食べられるんです」

嬉しさでつい言ってしまう。すると彼女は、なぜか、ぱあっと嬉しそうな顔をする。

「栗ご飯、美味しそう。斎宮《さいぐう》様や美味宮の夕餉にも、出すの？」

「いいえ。栗は渋皮煮《しぶかわに》にしてさしあげるんだと、奈津……炊部《かしべ》が言ってました」

「栗ご飯じゃないのね。でも、いいなぁ。栗ご飯。食べたいな」

内院に勤める女たちの食事は、内院の厨で作られる。彼女は美味宮に仕えているのだろうから、厨の献立によっては、自分好みの料理が食べられるとは限らないのだ。

こうやって栗を取りに来て、つやつやの実を手にしながら、彼女はそれを食べられないのだ。横目で調理されるのを見ているしかないのは、可哀相《かわいそう》だ。

「今夜、ちょっと遅《おそ》くなるかもしれないけど。栗ご飯、あなたに届けてあげましょうか？」

「ううん。それは悪いわ。それよりも炊部の方に、斎宮様と美味宮の夕餉は、栗ご飯にした方がいいって伝えて。斎宮様は、栗ご飯が大好きなの。でも朝餉《あさげ》にはすこし重いから、美味宮から饗《きょう》する御食には出ないものだし。きっと喜ばれる、って」

「へぇ、そうなんですか」

「うん。そうなの。絶対に伝えてね」

彼女はほわっと笑うと、「栗をありがとう」と今一度丁寧《ていねい》に礼を言い、歩き出す。

「栗ご飯が、お好みなんだな」

良いことを教えてもらった。そう思いながら栗が山盛りの笊を抱えて炊部司へ戻《もど》ろうとしていると、正面から冬嗣がやって来るのが見えた。彼は手をあげ「真佐智」と呼ぶと、早足に近づく。

「捜《さが》していたんだ。真佐智、急いで主神司《かんつかさ》の曹司《ぞうし》へ行きなさい。この笊は、俺が炊部司に届けてあげるから」

冬嗣は真佐智の手から笊を取りあげる。慌《あわ》てているらしい彼の様子に、首を傾《かし》げる。

「それは、命令なら行きますが。じゃあ、わたしの代わりに奈津に、今夜の斎宮様と美味宮の夕餉は、栗ご飯がいいだろうと伝えてください。美味宮の人から、聞いたって」

「美味宮の人……？　誰《だれ》だ？　まあ、いい。わかった。伝えるから」

怪訝《けげん》な顔をしながらも冬嗣は、真佐智の背を押す。

「とにかく、行きなさい」

「行きます。けれど、何があるんですか？　何か大変なことですか？」

「都から突然《とつぜん》、祭主がおみえになった。君に話があるそうなんだ。その話の内容は、俺にもわからない」

答えた冬嗣は少し不安げだった。

「祭主が」

思いがけないことで、真佐智も面食《めんく》らった。

祭主の名は鷹司惟道《たかつかさこれみち》という。真佐智を呼び出し、美味宮にならぬかと誘《さそ》いかけた、その人物である。祭主は斎宮の神職の最上位にあたるが、中央官なので普段《ふだん》は都の宮中に仕えている。真佐智が美味宮になるあかつきには、祭主の後見で元服できる。それを見越《みこ》して、美味宮となることを承知したのだ。

本来の目的のため、真佐智が最も気を遣《つか》う必要がある相手。

（わたしに話があるって、なんだろう）

真佐智の修業《しゅぎょう》の様子を訊《き》きたいだけなら、直接呼び出す必要はないだろう。世話を任されている冬嗣に仕事ぶりを確認《かくにん》する程度で済むはずだ。

不安に思いながら主神司の曹司へ入る。名を告げると、宮掌《くじょう》と呼ばれる神職見習いが、池に面した廂《ひさし》へ案内してくれた。

簀子縁《すのこえん》と廂の間に御簾《みす》が下ろされ、直接の日射《ひざ》しを遮《さえぎ》っている。そこに祭主が待っていた。

「おひさしぶりでございます」

真佐智は、祭主の前にひれ伏《ふ》した。すぐに「面《おもて》をあげなさい」と言われたので、背筋を伸《の》ばして顔をあげる。

祭主の年の頃《ころ》は三十代半ば。神職というよりは、風雅《ふうが》な宮中人といった印象が強いのは、祭主という神職でありながら、中央官として宮中に仕えている職務の性質からだろう。

「ずいぶん、顔つきがしっかりしたね。修業が厳しいのか」

祭主は、微笑しながら言った。

「それほど厳しくありません。馴染《なじ》めてきましたし、問題なくやれていると思います」

「それは良かった。けれどそんな苦労は、もうすぐ終わりだ。よく我慢《がまん》したな」

「どういうことですか？」

「父君から、文《ふみ》が届いていないか？　わたしは、君を迎《むか》えに来た」

祭主が何を言っているのか、咄嗟《とっさ》に呑《の》みこめなかった。しかしすぐに気がつき、目を見開く。

「……あ……」

ひと月ほど前、やっと読むことができた父の文。そこに書かれた言葉よりも、そこから溢《あふ》れる愛情にばかり心を奪《うば》われていたが、あの文には確か、

『暫《しばら》く待っていれば、きっと迎えを送ってやれる』

と、書かれていた。それがただの気休めだったとしても嬉《うれ》しかったので、特に気にしていなかった。もしかして、あれは本当に迎えを送るあてがあっての言葉だったのだろうか。

その迎えが、祭主なのか？

「まさか、なんで」

驚《おどろ》き、声が途切《とぎ》れるが、それに反して頭の中はめまぐるしく動いていた。

父の文には、真佐智を元服させる方法を友が提案し、それを友に託《たく》したとあった。父が誰と

何を謀《はか》ったのかと不思議ではあったが、真佐智には見当がつかなかった。その謀《はかりごと》がまだ動き出していない可能性もあり、推測するのは困難だった。

しかし父が文に書いていた友という人が、今目の前にいる祭主だとすると——。

「父と、知り合いなんですか」

問うと、祭主は深く頷《うなず》く。

「友だよ。彼が須王へ流される前から、流された後も。須王へは暇《ひま》を見つけて足を運ぶ。そこで父君から、君の元服のことを頼《たの》まれた。わたしは、できる限りのことをすると約束した。そしてわたしは、美味宮候補として御門《みかど》に奏上し、君をこの地へ送ったのだ」

突然、祭主から呼び出され美味宮候補となれと告げられたことは、御門の思惑《おもわく》から生まれた機会なのかと思っていた。しかし実際は、宣親から真佐智のことを託された祭主がお膳立《ぜんだ》てをして、この地へ送り込んだということなのだ。

(自ら道を拓《ひら》こうとしていたのに、それは……父君の根回しの上にあっただけなのか)

そのことを嬉しいと思うよりは、虚《むな》しく感じる。せっかくの覚悟《かくご》も、全《すべ》ては仕組まれてのことだというのか。大人の世界の底知れなさを見せつけられたようで、微《かす》かな嫌悪《けんお》を覚える。たとえそれが自分のためであったとしても。

「君を美味宮候補として伊那の地へ送り込んだこと、心細い思いをさせたと思う。しかしそれも終わりだ。君は都へ帰れる。都に帰り、わたしの後ろ盾《だて》で元服しなさい。さして上位ではないが、官職も用意できた。新しい美味宮《うましのみや》候補も、探し当てた」

祭主の言わんとしていることが、いまひとつ、ぴんとこなかった。

「意味が……よくわかりません」

すると祭主は、あははっと笑って、「すまぬ、説明不足か」と言った。

「君を美味宮候補としたのは、御門が君に対して抱《いだ》かれる印象を、良くするためだったのだよ。君は屋敷《やしき》も財産も処分し、御門の命に従い、粛々《しゅくしゅく》と従順に伊那の地へ下った。そこで御門は、君に対しては父君に対してのような、偏見《へんけん》を抱く余地がなくなったのだ」

確かにあのとき真佐智も、御門が承知したことに背《そむ》くのは得策でないと感じた。その判断は間違《まちが》っていなかったのだ。

「その後、美味宮として相応《ふさわ》しい姫君《ひめぎみ》が、新たに一人見つかったと御門にお知らせした。御門は、君かその姫君か、どちらが美味宮になるのでもかまわぬと仰《おお》せだ。ということは、君は美味宮候補から外れ、都に帰れる。しかし美味宮候補になった経緯《いきさつ》で、君は屋敷も財産も処分した。そこで御門の恩情で、わたしが後見となり元服し、官職を授《さず》けることは納得《なっとく》されたのだ。それもこれも、君が御門に従順だと示したからだ。御門は無慈悲《むじひ》なお方ではないから」

何も知らされていなかった真佐智は、元服して出世するために、美味宮になることを足がかりにしようとしていた。それを、好機ととらえて。

しかし彼が好機と思ったその出来事は、父とその友の祭主の謀。真佐智が美味宮候補となり、それに従うことで御門の心証を良くし、真佐智の未来を拓く計画を立てていたのだ。

真佐智本人に計画が知らされなかったのは、彼の言動で、父や祭主の思惑が御門や斎王《さいおう》や、斎宮寮の人たちに知られるのを恐《おそ》れたからなのだろう。

「わたしは美味宮になることもなく、数年待つこともなく、都に帰れるんですか？　そして元服できるんですか？」

「そうだよ」

「いつ、帰れるんですか」

「わたしと一緒《いっしょ》に都に戻《もど》れば良い。三日後だ」

現実感がともなわず、ぼうっとした。

（帰れる？　しかも三日後）

数年間が必要と、苦労と忍耐《にんたい》を覚悟していた望みが、いきなりぽんと目の前に放《ほう》られたような感じだった。

（こんなに、早く？）

呼び戻してくださいと泣いた乳母《うば》の顔を、思い出す。彼女もさめざめ泣いていたのは、真佐智が都に戻り屋敷を構えるまでには、大変な年月が必要だと思っていたからだろう。

くすっと、祭主は笑った。

「驚きすぎたかな？　でも、時間はあまりないからね。ここを離《はな》れる支度《したく》を始めなさい」

「ま、待ってください！　急すぎます、そんな」

「支度をするのに、三日で充分《じゅうぶん》だろう。姫《ひめ》君たちのような、大仰《おおぎょう》な支度も必要ないだろうし」

「そうではなくて……」

と口にしたが、「では、何だというのだ？」と、自分でも戸《と》惑《まど》った。祭主が不《ふ》審《しん》げな表情になる。

「まさか君は、都に帰る意志がないのか？」

「そんなこと、ありません！」

都には、帰りたいのだ。乳母を安心させてやりたい思いは、間違いなくある。

「そうだな。百年空位で問題ない、聖職とは名ばかりの孤《こ》独《どく》な厨《くりや》の番人になるのと。宮中に出仕し、栄達を望むのと。どちらが幸福か、考えるまでもないな」

その言葉は、何かが間違っている気がした。しかし理性と常識で考えると、どこにも間違いなど見あたらない。ただそれでも「今すぐ帰れる」と躍《おど》り上がって喜べないのは、自分が、父や祭主の謀の上にいたことに対する虚しさや、嫌《いや》な気持ちがあるからだろう。もしそうなら、そんな気持ちは堪《こら》えるべきだ。一時の不快感で人生を棒に振《ふ》るのは、愚《おろ》かだ。

「三日後、ともに都に帰ろう」

力強く告げられると、真佐智は頷いていてしまっていた。

「はい」

主神司の曹司《ぞうし》を辞しても、心がふわふわとして定まらなかった。

(三日後なんて、急すぎる)

帰りたかった都に帰れるし、ずっと望んでいた元服もできるのだ。あまりに一気に望み通りになりすぎて、嬉しすぎて、心が定まらないのだろうか。

しかし不思議なことに、嬉しいという実感がまったくない。

感じるのは、自分の道を拓こうとしていた決断が、実は父たちの計画に乗っていただけなのだと知らされた、ある種、操《あやつ》られていたことに対する虚しさと不快感。そして都に帰り元服し、宮中へ出仕することに対しての、そこはかとない不安。

(これが、望みだったはずなのに)

炊部司の厨に戻ると、既《すで》に夕餉《ゆうげ》の準備に入るため、皆《みな》がめいめい袖《そで》を括《くく》り、手を洗って支度を始めていた。真佐智は慌《あわ》ててそれに加わり、袖を括って手を洗う。

近頃《ちかごろ》慣れてきた竈《かまど》の前に陣取《じんど》り、火をかき起こす。二、三度、火かき棒で掻《か》き回すと、ちりちりと火の粉が舞《ま》って、炭の中に隠《かく》れている火が、じわっと明るい色で輝《かがや》く。今日も手早く火をかき起こせたことに、満足した。

背後を見ると、奈津たちがせっせと、殻《から》を剥《む》いた栗《くり》を水の中へと沈《しず》めている。どうするのかと思っていると、暫く水に浸《ひた》した栗を引きあげ、研《と》いだ米の中へと入れた。そこに海布《うみふ》の出汁《だし》を注ぎ、酒、醤油《しょうゆ》、塩とわずかな砂糖を加えた。

真佐智からの伝言を聞いて、夕餉に栗ご飯《はん》を作るらしい。

「栗ご飯、楽しみ。今夜のわたしたちの栗ご飯は、誰《だれ》が炊《た》くの？」

誰ともなしに問うと、奈津が答える。

「斎宮様と美味宮のために、栗をしこたま使ったからな。今夜の夕餉の当番は、栗ご飯は炊かない」

「え！　じゃあ、栗ご飯食べられないの!?」

思わず真佐智が立ちあがると、周囲の連中が「そんなに食いたかったのかよ」と、どっと笑った。笑いながら、誰かが言った。

「大丈夫《だいじょうぶ》。食えるさ」

「でも、栗ご飯を炊かないって、奈津が言った」

「栗ご飯は少量じゃ炊けないから、斎宮様の竈でも、美味宮の竈でも、けっこうな量を炊くんだよ。その余った分のお流れを、俺たちは頂戴《ちょうだい》できるんだ」

「一人、二つずつは、栗ご飯の握《にぎ》り飯《めし》が行き渡《わた》るぜ。安心しな」

皆が口々に教えてくれたので、ほっとした。

「あ、そうなの。良かった」

奈津が、声を殺して笑う。

「お姫さんは、食い意地が張ってるな」

「お姫さんじゃない」

律儀《りちぎ》に訂正《ていせい》して、また竈の火に向き合う。

(美味宮のあの人が、栗ご飯を食べられないのを残念がる気持ちが、よくわかった)

背後で作業を進める皆の様子を、ふり返る。ことあるごとに真佐智をからかうし、下品なことも言うが、遠慮《えんりょ》のない彼らといることは苦痛じゃない。この騒《さわ》がしさと活気の中に身を置くことに、たった数か月で慣れてしまっていた。

三日後、この場所から離れれば真佐智の望み通りの人生になる。しかし、ふと、

(寂《さび》しいな)

この騒がしさから離れてしまうのが、寂しい、そう思った。そう思った自分に驚《おどろ》く。奈津や厨の連中と一緒になって、熱い竈の前に座っている現実を、自分が惜《お》しんでいることが意外だった。

(わたしの望みは、元服して位階を得て官吏《かんり》になることのはずなのに)

炊部司の主典《さかん》の顔を思い出す。出世のために抜《ぬ》け目なく立ち回り、位階をあげていくその姿は、官吏らしい官吏だ。しかしあの姿に憧《あこが》れや親しみはなく、うっすら嫌悪《けんお》感《かん》さえ覚える。

(あんな官吏ばかりじゃないはずだ)

清廉《せいれん》な方法で階位をあげていく者もいるが、ただ方法は違《ちが》えど、上へ、上へと行きたがる根幹は同じだ。あれが真佐智の目指すものだろうか。

(冷静にならなければ。どう考えても、都に帰り元服して出仕するのが、わたしの人生にとって最上の道じゃないか。三日後、ここを出なければ)

出発は三日後。早々に荷造りも必要だし、まずはできるだけ早く、奈津に伝えなければならない。

「奈津。急な話……」

竈に栗ご飯の釜《かま》を置きに来た奈津に声をかけるが、彼は慎重《しんちょう》に釜を定位置に据《す》えながら、

「火の加減は、いいか?」と問う。真佐智は慌てて火を確かめ、

「大丈夫だ。いい」

と請《う》け合った。頼《たの》んだと言って、奈津は別の作業に向かった。真佐智の話は、仕事の間は無理そうだ。皆真剣《みなしんけん》に作業をしているのだから、邪魔《じゃま》をしてはならない。

(話は、あとにしよう。奈津が落ち着いているときが、いい)

夕餉のときか寝《ね》る前に切り出そうと考え、その場は炎《ほのお》に集中した。

しかし仕事が終わって夕餉を食べ終わり、奈津が寝所《しんじょ》でごろごろしている時間になっても、真佐智はどういうふうに説明すれば良いのか迷い、口を開けずにいた。

(詳《くわ》しく説明するべきなのかな? それともあっさり、三日後いなくなるから、じゃあ、と簡

単にするべき？　それでは、薄情《はくじょう》だ。でも言い訳がましいのも、みっともない）

高灯台《たかとうだい》の下《もと》で書を開いていた奈津は、じろっと真佐智を睨《にら》む。

「なんだ。言いたいことがあるなら、言えよ」

「え？」

どうやら無意識に、ちらちらと奈津を見ていたらしい。言えよと凄《すご》まれたが、まだ自分の中で言葉がまとまっていないので慌ててしまう。

「別に、なんでもなくて。そ、そうだ！　ねぇ、さっき厨に栗ご飯の握り飯が、残ってたよね。あれ、もらって良いか？」

「別にかまわないが、どうした」

「うん、欲しがってる人がいたんだ。ちょっと、あげてくる」

立ちあがると、奈津は不審げな表情になる。

「栗ご飯のことを言いたかったのか？」

「そうだよ！　行ってきます」

空元気で声を張って、寝所を出た。

許可をもらったので、栗ご飯の握り飯を二つ、竹の皮に包み美味宮《うましのみや》へと向かう。

今日の夕方、栗ご飯が食べられないと勘違《かんちが》いしたときの絶望感を思えば、あの小動物みたいな少女が、しきりに栗ご飯を羨《うらや》ましがったのが気の毒になったのだ。

しかも、奈津と二人きりの空間から逃《に》げ出したかったから、丁度良かった。早く奈津に、三日後に去ると告げなければならないが、自分でも不可解なことに、どう言えばいいのか全く言葉が思いつかない。それは彼の顔を正面に見ると顕著《けんちょ》で、まとまりかけていた言葉が、彼の視線にさらされると、ばらばらに散ってしまう。

暗い中、美味宮までひたひた歩いて行くと、門前は明るかった。小さな篝火《かがりび》が焚《た》かれている。細い注連縄《しめなわ》が張られた門の向こうにいる少女を、どう呼び出せばいいのかと悩《なや》む。大声で呼んだりすれば、美味宮その人にも聞こえて「何事か」と騒がれるはずだし、そもそも真佐智は、呼ぶべき人の名を知らない。裏手に回ってみるが、裏口のようなものもない。

困ったと思いながら門前に帰ってくると、びくっとした。

注連縄の向こうに、篝火に照らされてあの少女が立っていたのだ。

二

「あら、あなたなのね。こんばんは」

彼女はにっこりした。

「こんばんは。あの、どうして出てきたんです」

「周囲をぐるっと歩く人の足音がしたから、誰かと思ったの。ここは、ほとんど人が近寄らない場所だから、変だなと思って。何か御用《ごよう》？」

美味宮の周囲には、白い玉砂利《じゃり》が敷《し》いてある。それを踏《ふ》む音は、案外大きい。

「栗《くり》ご飯《はん》を持ってきたんです。欲しがっていたでしょう」

竹の皮の包みを差し出すと、彼女は「わぁ」と目を輝《かがや》かせて受け取ろうとした。しかし、はたと手を止める。

「いけない。美味宮には、聖別したものしか持ち込めないの」

「そうなんですか？　でも大丈夫です。これ、美味宮の竈《かまど》で作った栗ご飯だから」

「じゃあ、大丈夫なのね。嬉《うれ》しい。いただきます」

うふふと笑って、注連縄の外へ手を伸《の》ばして受け取る。手に取るとすぐ顔の前に持っていき、くんくんと香《かお》りをかぐ。

「栗のいい香り。ありがとう。美味《おい》しかった？　栗ご飯を楽しんだ？」

「楽しむって、どういうことですか？」

「一緒《いっしょ》に食べた人たちは、やってなかった？　栗の甘さを引き立てるために、栗ご飯にちょっと塩を振《ふ》ってたり」

「甘さを引き立てるために、塩ですか？」

「そうよ。甘みを際立《きわだ》たせるためには、塩気が必要なの。甘いだけじゃ味はぼやけるから、もともと栗ご飯には、少しお塩を加えて炊きあげてあると思うの。甘い菓子《かし》にも必ず塩は入るし。

でも、もっと塩気が強いのが好みの人もいるから、人によってはさらに塩を振って楽しむの。あと他《ほか》には、胡麻《ごま》を散らして、栗と胡麻の風味を一緒に楽しむとか。好みに応じて、色々な食べ方をしてなかった？　そうやって、お互《たが》いの好みの違いをあれこれ言いながら、楽しんだり」

問われた真佐智は、すこし哀《かな》しくなる。

せっかく楽しみにしていた夕餉《ゆうげ》の栗ご飯を、真佐智は心から楽しめなかったのだ。都に帰る話をしなくてはと、そればかりが気になって、あんなに美味しいものを充分《じゅうぶん》味わえたとは言えないし、周囲の連中がどんなふうにして楽しんでいたかも、目に入っていなかった。

「いいえ、ちょっと。色々考えごとがあって、わたしは、そんなふうに楽しむ余裕《よゆう》がなかったんです。でも、美味しいはずです。味は良いです」

確かに味は良かったと思うのだが、食べながら、美味しいと感じ取れなかったので、そんな曖昧《あいまい》な言い方になった。その答えに彼女は、小さく首を傾《かし》げる。

「あなた……心配ごとでもあるの？　栗ご飯のお礼に、わたしが何かできれば良いんだけど。わたしにできることは、ある？」

「心配ごとは、ありません。逆に、良い知らせがあったくらいで。だから、お礼なんていいんです。しかもわたしは三日後に、ここを出ますから」

「出る？　あなた、美味宮になる子じゃないの？」

綺麗《きれい》な瞳《ひとみ》の彼女に見つめられるのは、どうにも居心地《いごこち》が悪い。真佐智は、自分の足元に視線を落として答えた。

「父から依頼《いらい》された、迎《むか》えが来たんです。その人について都に帰れば、わたしは望み通りの幸せな人生を送れるんです」

沈黙《ちんもく》が流れた。彼女が何も言わないので、おやと思い視線をあげた。彼女は不思議そうな顔をしていた。

「幸せな人生なの？　でも、どうしてかしら。そう言ってるあなたは、ちっとも幸せそうじゃない」

「そんなはず、ないです。だってそれは、わたしの望みなんです。冷静に理性的に判断したら、最も望ましい人生です」

「そう思ってるの？」

「そう思ってます」

それは間違《まちが》いないことだと、真佐智はわかっている。

「栗ご飯を楽しめなかったのに？」

「急なことに、すこし驚《おどろ》きすぎてただけです。ただ……ここに馴染《なじ》んだせいで」

ちょっと考えてから、言葉を選んで続けた。

「馴染んだから、この生活が名残惜《なごりお》しくなっているだけだと思います。わたしが幸せそうに見えないとしたら、それは一時の感傷です」

奈津になかなか言い出せないのも、ここを離《はな》れるのが寂《さび》しいと感じるのも、ただの感傷だ。自分で言葉にすると、そんな気がした。

「そう?」

「そうです。じゃあ、これで帰ります。さようなら」

「さようなら、またね」

きびすを返した真佐智に、少女は、ほわっと笑ってそう言った。

(あの人、人の話をちゃんと聞いてるのかな?)

そう思ったのは、彼女が「またね」と言ったからだ。真佐智は三日後にいなくなると言ったのに、「またね」もないものだ。ぽやんとした雰囲気《ふんいき》の人だから、全《すべ》ての会話を薄《うす》ぼんやりと聞き流しているのかもしれない。

寝所《しんじょ》に帰ると、奈津は既《すで》に寝《ね》ていた。寝ている彼を起こさないように自分も横になりながら、決意した。

(明日、日が昇《のぼ》ったら、都に帰ると奈津に話そう。そのために明日は荷造りをしたい、と)

せっかく馴染んだのにとか、ご飯が美味しいとか、色々思うところはある。しかしこれはただの感傷なのだから、そんなものに引っかかって、ぐすぐずしていると、望みが果たせなくなる。自分の人生が台無しになる。

そう思いながら、目を閉じた。

戸の向こうでは、いびきや歯ぎしりが聞こえた。隣《となり》で奈津が寝返《ねがえ》りを打つ。周囲にある人の気配に撫《な》でられているように、とろとろと眠《ねむ》くなる。都に帰れば以前と同じ、静かすぎる夜が待っている。それを思うとこの気配から離れがたく感じるが、それが感傷なのだろう。

（静かな夜になったとしても、ただ以前と同じに戻《もど》るだけだ。それが嫌《いや》だなんて思うのは、馬《ば》鹿馬鹿《かばか》しい。子どものようだ。そんな子どもらしい思いは、抑《おさ》えなければ。大人になって、幸せに生きていくために）

そんなことを考えているうちに、いつの間にか眠っていた。

しかし眠りが浅かったのか、翌朝は辺りがぼんやり明るくなった頃《ころ》に目覚めた。もう暫《しばら》くすると皆《みな》が起き、忙《いそが》しい朝の仕事に入ってしまう。その前に奈津に話しておこうと、悪いと思いつつ、眠っている奈津を揺《ゆ》り起こす。

「奈津、奈津」

「……なんだ」

眠そうに顔をしかめつつ、奈津は細く目を開く。

「起こして、ごめん。でも話があるんだ。奈津、わたしは……」

告げようとした、そのとき。

「真佐智！　真佐智！」

早朝の静寂《せいじゃく》を遠慮《えんりょ》なく突《つ》き破る、冬嗣の大声がした。真佐智はぎょっとして、言いかけた言葉を呑《の》みこみ、奈津はさらに顔をしかめて半身を起こす。すると「真佐智」と呼びながら、荒《あら》い足音とともに、冬嗣が妻戸を押し開けて寝所に入ってきた。

「真佐智！」

焦《あせ》った声と、寝所に踏《ふ》みこんでくる乱暴さに驚き、真佐智と奈津は啞然《あぜん》とした。尋常《じんじょう》ではなく、冬嗣は慌《あわ》てているらしい。

「冬嗣？　どうしたんですか」

真佐智がぽかんとして問うが、冬嗣は何も言わず、右手で真佐智、左手で奈津の手首をそれぞれ摑《つか》む。

「二人とも、来い」

なんだなんだと、隣で寝ていた連中が顔を覗《のぞ》かせ、捕《つか》まえられている二人と冬嗣を見比べて、目を丸くする。真佐智と奈津、二人を無理矢理《むりやり》引っ張り起こすと、冬嗣はようやく説明らしき言葉を口にした。

「美味宮《うましのみや》が倒《たお》れられた。御食《みけ》が作れない」

「こんなに急にですか？」

奈津が驚いたように問い返す。

「そうだ。今までなかったことだが、仕方ない。二人とも禊《みそ》ぎをして美味宮に入れ。美味宮候補がいる今、御食を料理するのは真佐智だと、斎宮《さいぐう》様が指定された。奈津は指導してやれ」

「仕方ないな、行くぞ」

すぐ話を呑みこんだらしい奈津が顎《あご》をしゃくるが、真佐智は大いに慌てる。

「ま、待って！　美味宮が倒れたから、その代理で今からわたしが美味宮に入って、御食を作るということなの⁉　無茶《むちゃ》だ。御食を作る代理なら、奈津がするべきだ」

「美味宮候補がいない場合は、炊部が臨時で美味宮に入って御食を作るのが常だ。しかし今は、君がいる。だから斎宮様が決定された。君がやるべきだと」

厳しく断言した冬嗣の言葉には、反論も逃《に》げも許されないぞという、覚悟《かくご》を迫《せま》る迫力《はくりょく》があった。真佐智の腰《こし》が引けるのを見て取った奈津が、強く真佐智の背を叩《たた》く。

「しっかりしろ、姫《ひめ》さん。おまえが美味宮候補だ」

「でも」

「おまえにも、できることがある。自分を低く見積もるな」

「何ができるの」と言い返したかったが、「時間がない。急げ」と、冬嗣が歩き出す。奈津も歩き出す。

(どうすればいい⁉　御食なんて、見たこともないのに！)

しかも真佐智は、明後日《あさって》にはこの地を離れる。美味宮候補ではなくなるのだ。そんな自分が、美味宮候補として務めて良いのか。

「何ぼさっとしてる。本物の姫さんみたいに、手を引いて欲しいのか。来い！」

「わかったよ！　行く！　行けばいいんだろう」

先に歩き出した奈津に怒鳴《どな》られ、真佐智はやけくそな気分になる。

(明後日までは美味宮候補だ。だったら、務めよう。それで大失敗したら、わたしは美味宮になるべき者じゃないと、すっきりする)

顔をあげ、冬嗣と奈津に追いつくべく駆《か》け出す。

朝陽《あさひ》に照らされた美味宮は、白木の美しいこぢんまりした社といった趣《おもむき》だ。高い白板塀《いたべい》の周囲には玉砂利《じゃり》が敷《し》きつめられ、門の柱には、内側を聖域として聖別するために細い注連縄《しめなわ》がかけられている。

真佐智は奈津とともに、注連縄を潜《くぐ》って中へ入るようにと、冬嗣から指示された。

「段取りは、奈津がわかっている。衣《きぬ》、食材は聖別して俺が運び入れておいた。頼《たの》む」

御食は、斎宮《さいぐう》に欠かせないものだ。出来の善し悪《あ》しはともかく、御食がないことには朝の神事が始められない。毎日の神事を途切《とぎ》れさせることそのものを、神職たちは恐《おそ》れる。それを凶《きょう》兆《ちょう》と取る者も少なくない。

玉砂利を踏みつつ腰をかがめ、奈津と一緒《いっしょ》に注連縄を潜る。

正面には厨《くりや》とおぼしき、小さな板葺《いたぶ》きの建物。その建物を回り込んだ奥に中庭があり、そこにも玉砂利が敷かれていた。中庭の中央には井戸《いど》。傍《かたわ》らには屋根だけの小屋がある。

小屋の中には腰掛《こしか》けのような台があり、白の直衣《のうし》が二組たたんで置かれていた。

中庭を挟《はさ》んださらに奥が、美味宮が寝起《ねお》きする建物らしい。檜皮葺《ひわだぶ》きの小さな寝殿《しんでん》だ。蔀《しとみ》が一部開いてあったが、その他《ほか》は閉じている。中にいるはずの美味宮が具合が悪いので、風を入れられないのかもしれない。あの栗《くり》ご飯《はん》の少女が、美味宮の看病についているのだろう。

「禊ぎをする。脱《ぬ》げ」

屋根だけの小屋へ行き、奈津が直衣を脱ぎはじめる。真佐智も言われるままに水干を脱ぐ。

「美味宮の具合が悪いときは、今までどうしてたの」

脱ぎながら問うと、奈津が眉《まゆ》をひそめる。

「こんな急なことは、まずなかった。前日から、具合が良くないから翌朝の御食は頼むと、連絡《れんらく》が来るんだ。多少のことで、美味宮は勤めをお休みにならないからな。そんなときは、俺がここで、美味宮の代わりに御食を作るんだが。今日は急に、かなり具合を悪くされたんだろう。数か月後には、崑国へお輿入《こしい》れだ。心身ともに、ご無理されてるのかもしれない」

「そうか。崑国へ」

都育ちの真佐智は、伊那の地へ来るのでさえ不安を覚えた。言葉も違《ちが》う、海の向こうの大陸へ嫁《とつ》ぐとなると、どれほど恐《こわ》いだろうか。その重圧に苦しみ、突如《とつじょ》体調を崩《くず》しても仕方ないのかもしれない。

衣を脱ぐと、二人は井戸へ向かい、水をくみあげて体を清めた。口もすすぐ。

それから、用意されていた白の直衣を身につける。長方形の紙の両端《りょうはし》に紐《ひも》をつけたものも、一緒に置いてあった。奈津は紙を口に当て、紐を後頭部で結び固定する。口を覆《おお》うらしいとわかり、真佐智もそれに倣《なら》う。

二人は厨に入った。

さして広くない厨は、綺麗《きれい》に踏み固められた土間で、奥に竈《かまど》が二つ。中央に、調理に利用するらしい小さな井戸がある。井戸の周囲にも細い注連縄がぐるりと巻いてあるので、念入りに祓《はら》われた井戸なのだろう。

作業をするための場所として、きめ細かく編まれた筵《むしろ》の上に、背の低い台が置いてある。その向こうに調理の道具を並べた台。まな板、包丁、柄杓《ひしゃく》、しゃもじ。全《すべ》てよく使い込まれているが、一つ一つが神へ捧《ささ》げる供物《くもつ》のように、丁寧《ていねい》に手入れされ、等間隔《とうかんかく》に置かれている。

（ただの厨じゃない）

一歩踏みこみ、そこを満たす空気に身が引き締《し》まった。神事を行う社と同質の緊張感《きんちょうかん》がみなぎる空間は、逆に適度に締めつけられつつも、一切《いっさい》余分なものがない簡素さもあり、心が落ちつく。心地《ここち》よい空間だ。

「奈津、本当にわたしが作るの？」

隣《となり》に立つ奈津は、頷《うなず》く。

「おまえは美味宮候補だ」

（今の美味宮が去った後、この宮に入るのは……わたしでは、ない）

それを奈津に告げていないことが、心苦しい。明後日には旅立つという急な話をするくらいなら、いっそぎりぎりまで黙《だま》っていようかとも思う。

（ただ）

美味宮の厨の空気に包まれていると、しんと心が落ち着いてくる。そこに満ちる清らかなものが優《やさ》しく、「でもまだ、あなたは美味宮候補なのだから」と囁《ささや》く。

（とりあえず今は、御食を作るべきだ。いつ打ちあけるかなんて迷うのは、その後でいい）

決意して、周囲を見回す。

「奈津。御食って、普《ふ》通《つう》は、どんなものを作るの？」

「なんでもいい」

「そんなわけ、ないだろう」

眉をひそめて問い返すが、奈津は首を横に振《ふ》る。

「いや、本当になんでもいい。人が食うものなら、なんでもいいんだ。美味《おい》しければ」

「美味しいって、そんな」

美味しいものなんて、どうやって作れば良いのだろうか。

「最悪、瓜《うり》でも洗って、まるごと皿に盛れ」

国護大神《くにまもりのおおかみ》と、あの美しい斎王《さいおう》の前に、まるごとの瓜を差し出す自分を想像するのは屈辱《くつじょく》的だった。丸のままの瓜を出すくらいなら、もっと、何か、できないか。

炎《ほのお》が、ちらりと目の前に浮《う》かぶ。毎日のように見ている炎。そこで思いつく。

(わたしができることは、まだ一つしかない)

軽く目を閉じた。

(なんの手も加えないものを捧げるよりは、わずかでも自分の仕事をしたと言えるものを捧げたい)

一つ呼吸をし、小さく「よし」と呟《つぶや》くと目を開ける。

「やるよ、奈津」

心を決めると、真佐智は竈へ向かった。

竈脇《わき》に整然と積まれた薪《まき》の傍らに、麻袋《あさぶくろ》に詰《つ》められたおがくずもある。竈の焚口《たきぐち》から手を入れ、おがくずを積み、その上に手際《てぎわ》よく薪を組み入れた。薪は最初、細くて良く乾《かわ》いた物を選ぶ。それから火打ち石でおがくずに火をつけて、そこでぱっと勢いよく燃えあがる炎を薪に移す。慣れたものだ。

竈の火が良い頃合《ころあ》いに成長するまでに、米を探した。麻袋に入れられた米を見つけたので、それを精米にする。

「何を作るつもりだ」

筵に膝《ひざ》をついて、こつこつと米を搗《つ》いて精米をしていると、奈津は竈の火の具合を確認《かくにん》しながら訊《き》く。

「米を炊《た》く」

「それで？」

「それだけ」

奈津がふり返る。

「飯だけか？」

「だってわたしは、それ以外できない。でもただ、ご飯をどうぞとさしあげるだけじゃ、味気ないから。少し、工夫《くふう》はする。奈津の手を借りれば、汁物《しるもの》や菜が作れるだろうけど」

手を止めて、顔をあげた。

「それでは、わたしが作った御食《みけ》と言えない。斎宮様が御食を作れと命じたのは、わたしにだから。自分が身につけた技《わざ》だけで作らなければ、嘘《うそ》をつくのと同じ気がする」

茅に嘘をついたことが、未《いま》だに気になる。だからもう、こりごりだ。

明後日《あさって》で終わる務めなら、体裁《ていさい》を取り繕《つくろ》うことなく、これが真佐智の実力だと斎王と神に知ってもらうべきだ。もともと、ここに来たのも、出世の足がかりにしようという魂胆《こんたん》あってのこと。しかしだからといって手を抜《ぬ》くつもりもなかったことは、真摯《しんし》さで示さねばならない。

頷く。

お互《たが》い、白い紙で顔半分が覆われて目しか見えない。奈津の目は何度か瞬《まばた》きしたが、小さく
「じゃあ、俺に何か手伝えることはあるか?」

「香漬《かおりづけ》か何か、ご飯に添《そ》えられるものがないか、探して欲しい」

「わかった」

真佐智は精米し、研《と》ぎ、竈にかける。その間に奈津は、堅魚堅《けんぎょけん》と、数種の野菜を漬《つ》けこんだ香漬の壺《つぼ》、種類の違う味噌《みそ》の壺四つと、粗《あら》さの違う塩の壺を三つ、探し出してきた。

米を竈にかけた後、真佐智はそれらを全て味見した。

香漬は野菜によって風味が変わるのは当然だが、味噌も原材料の違いによって、同じ味噌とは思えないものになる。麦や豆、米の比率によって色や甘みも違い、それぞれが、まったくの別物だ。塩にしても、製法や採取の場所が違うことによって、甘みのあるものや、苦みのあるもの、痺《しび》れるような塩味のものと、味が違う。

堅魚堅は、薄《うす》く削《けず》って味を見た。上質の堅魚堅で、生臭《なまぐさ》さはなく、ただ香《こう》ばしさと旨《うま》みだけが際立《きわだ》つ。

(一緒《いっしょ》に香漬を出せば、飯は美味しく食べられる。けれど香漬ばかりじゃ、きっと飽《あ》きてしまう。もっと別の味わいで食べられれば、飽きないのに)

考え込む真佐智を、奈津は黙って見守っている。

（わたしだったら、何を食べたいかな？）

朝、務めを終えた後に食べるとしたら、甘みを味わいたい気もするし、気分によっては塩味を感じたいときもある。そのときの気分で、それは変わる。

（甘いもの？　塩のきいたもの？）

背後の竈から、ふかふかと米の炊かれる香《かお》りが立ちのぼりだした。

真佐智は竈へ向かい、火を見る。薪を突《つ》き崩して火の大きさを調整しながら、米の芳醇《ほうじゅん》な香りをかいでいると、ふと、美味宮の門前で、ここに勤める少女と言葉を交《か》わしたのを思い出す。

彼女は真佐智に、「栗《くり》ご飯《はん》を楽しんだ？」と訊いた。

（そうか。そもそも斎宮《さいぐう》様に、食べることを楽しんでもらわなくては）

食べることを、楽しむ。その言葉から幼い頃《ころ》の記憶《きおく》が、自然と手繰《たぐ》り寄せられる。

桜の下で父とともに食べた、小さな鞠《まり》。凝《こ》った装飾《そうしょく》の美しいそれには、様々な風味があり、食べ飽きることがなかった。

はっとした。

（そうか！　どの味と決める必要はない。食べ飽きないように、楽しめれば良いんだ）

笑《え》みがこぼれた。その表情を奈津が見ていたらしく、からかうように問う。

「どうした。何か、面白《おもしろ》いことでもあるのか」

「うん、そうだな。いいことを思いついたら、嬉《うれ》しくなった。面白い」

にっと笑って、釜《かま》を見る。蓋《ふた》から吹《ふ》きこぼれる白濁《はくだく》の米汁《じる》が、ぱりぱりと乾きはじめたのを確認した。今だと思い、火かき棒で焚口から炭になった薪を一気に掻《か》き出した。火を遠ざけ、米は余熱で蒸《む》らす。真佐智の感覚さえ確かなら、ふっくらと艶《つや》の良い飯に炊きあがるはず。

自信があった。この数か月、だてに厨《くりや》の連中のために何度も飯を炊いてはいない。自分だって食う飯だから、美味しいものを食べたくて一生懸命《いっしょうけんめい》にやってきたのだから。

「いい思いつきってのは、なんだ」

「握《にぎ》り飯《めし》にする」

胸を張って答えると、奈津は「ああ」と、笑顔になった。そして、

「悪くないな」

と言った。

幼い頃食べた、あの凝った愛らしい鞠を作れるほどの技術はない。けれどそれを口にする人のことを思って、その人が少しでも楽しめるように工夫する努力はできる。

神の口からすら、おいしいと一言を引き出せるように向き合えと、斎王は言った。神を満足させられる技量はなくとも、それを目指し、自分の最大限の力をつくすのだ。

米が蒸し上がったのを見計らい、蓋を開く。わっと白い湯気とともに、飯の香《か》が立つ。釜の中でつやつやと輝《かがや》く、ふっくらした白い飯。そこに工夫が必要だ。甘いも塩からいも、きちん

と楽しめるようにと自分に言い聞かせ、作業に取りかかった。

御食を作り終わる頃を見計らい、奈津が冬嗣を呼びに行った。冬嗣の案内で、真佐智は御食を運ばねばならない。白木の一枚板で作られた長方形の盆《ぼん》に御食を盛ると、準備が整った。

（これは、どうなんだろうか？）

白木の盆に盛られた御食は、我ながら質素な見栄《みば》えだ。しかし今、自分にできるのはこれだけなのだから、仕方ない。

「呼んできたぞ。小宮司《しょうぐうじ》が、門前で待ってる。できたか？」

奈津が厨に入ってきた。真佐智の傍《かたわ》らに立つと、整えられた御食を見おろす。すこし不安になり、真佐智は奈津の横顔に問う。

「どう思う？　この御食」

「おまえは、どう思う」

「うん……よく、わからない。けど、これが今のわたしの精一杯《せいいっぱい》だ」

「じゃあ、それでいい」

奈津は真佐智にふり向き、彼の目を真っ直《す》ぐ見つめた。

「まずけりゃ、斎宮様に怒鳴《どな》られる。でも精一杯なんだったら、それでいい。怒鳴られても、褒《ほ》められても、どっちでも良い。終わったら、早く帰ってこい。俺の方は、おまえに美味《うま》い朝餉《あさげ》を用意しておく」

「俺の方は美味い飯って。嫌《いや》みだな」
わざと顔をしかめると、奈津は真顔で答えた。
「本当のことだろう」

三

御食は通常、美味宮《うましのみや》の手で、内院最奥《さいおう》に位置する遥拝殿《ようはいでん》へと運ばれる。御食が祭壇《さいだん》へ供えられた後、斎王《さいおう》が国護大神《くにまもりのおおかみ》に祈《いの》りを捧《ささ》げ、神にひれ伏《ふ》し勤めが終わる。終わると、遥拝殿の外に控《ひか》えていた美味宮が再び入り、御食を祭壇から下げて、斎王の寝殿《しんでん》へと運ぶ。

そのような段取りを教えられ、真佐智は白い直衣《のうし》姿のまま冬嗣に案内されて、まず遥拝殿へと向かう。奈津は既《すで》に、美味宮から炊部司へ戻《もど》った。

祭壇に御食を捧げ、遥拝殿の階《きざはし》の下で控えて待つ。すると斎王が透廊《すきろう》を通り、遥拝殿へと入る。祈りはさほど長時間ではなく、四半刻もしないうちに斎王は退出した。

白木の盆を祭壇から下ろし、真佐智は斎王の寝殿へと向かう。冬嗣とは、寝殿に入る手前で別れた。ここから先、美味宮のみで斎王と対面するのが正式なのだそうだ。

少し緊張《きんちょう》していたが、動揺《どうよう》はしていなかった。自分が捧げるものが、斎王の口に合おうが合うまいが、できる限りのことをした。奈津も、「それでいい」と言ってくれたのだから。

斎王は寝殿の南の廂《ひさし》に座し、真佐智が御食《みけ》を運んでくるのを待っていた。

朝陽《あさひ》は山の端《は》から顔を出し、廂にも陽が射《さ》しこんでいる。秋の初め、ひんやりと湿《しめ》り気を帯びた空気が、心地《ここち》よい。

恭《うやうや》しく、斎王の前に白木の盆を置くと、真佐智は簀子縁《すのこえん》の近くへとさがる。

「お召《め》し上がりください」

頭を下げると、斎王は「うむ」と頷き、白木の盆を見おろす。そして小首を傾《かし》げる。

「今朝の御食は、これか?」

「はい」

あからさまに残念そうな表情の斎王を、気の毒に思う。斎王は食べることが唯一《ゆいいつ》の楽しみというのだから、その一食を自分が担《にな》うことになったのは、やむを得ないとはいえ申し訳ない。

(でも、これがわたしの、今の精一杯だ)

自分の力量を誤魔化《ごまか》すつもりはない。これが今のわたしですと、頭を下げるしかない。

白木の盆には、小ぶりの握り飯が三つ並んでいる。握り飯の傍らには、美味宮にあった、白《しろ》瓜《うり》と、茄子《なす》と人参《にんじん》の香漬を、薄《うす》切りにして添《そ》えた。さらに薄く色づきはじめた紅葉《もみじ》の葉を白木の盆に散らして見栄え良くしている。

ただ、結局そこに載《の》っているのは握り飯。

一つは、真っ白い塩握り。もう一つは、薄く削った堅魚堅を飯に混ぜ込み握ったもの。最後の一つには、白い味噌《みそ》を上半分に塗《ぬ》りつけ軽くあぶってある。

斎王は塩握りを手に取ると、ぱくぱくと二口で食べた。ゆっくりと飲みこむと、小さく頷く。

「飯は、良い加減だ。塩加減も良い」

「はい」

次に、堅魚堅を混ぜた握り飯を、同じく二口で食べる。そして頷く。

「これは、これで良い。堅魚の香りは良い」

あまりに簡単に消えていく握り飯に、真佐智は驚《おどろ》く。

(もっと、作ってさしあげれば良かったのかな?)

まさか斎王が、このような健啖家《けんたんか》だとは思わなかった。

最後の一つにも手を伸《の》ばし、斎王は一口食べた。すると一瞬《いっしゅん》動きが止まり、自分の手にある握り飯を見おろす。

「これは、どうした?」

何を問われたかわからず、真佐智はきょとんとした。

「三つとも、米の味が違《ちが》うわ」

その言葉には、少なからず驚く。先の二つの握り飯との違いに、斎王が気づくとは思っていなかった。

「いいえ。米は同じです。けれど握るために使った塩の種類や、量が違うんです。最初の一つは、甘みと旨《うま》みを強く感じる塩で握りました。二つ目の堅魚堅の握りは、ほとんど塩をきかせてません。お手にあるそちらは、塩味を強く感じる塩で握りました。味噌が甘いので、甘塩《あまじよ》っぱい方が美味《おい》しいかもと」

塩の握りは、塩味を楽しむため。堅魚堅は、米と堅魚の素朴《そぼく》な味を楽しむために、あえて塩はきかせず。そして最後の味噌は、甘みを楽しむようにと考えた。

御食を作りながら、美味宮の門前で会った少女の言葉を思い出したのだ。

――甘みを際立《きわだ》たせるためには、塩気が必要なの。甘いだけじゃ味はぼやけるから。

と、彼女は言っていた。

それは要するに、甘いだけ、塩からいだけでは味が薄《うす》っぺらくなるということ。それを避《さ》けるために逆の味わいもわずかに必要なのだ。そこで、塩味を楽しむものであれど、塩の中でも甘みと旨みの強いものを選んだ。甘みを楽しむ味噌の場合は、握る塩に塩味の強いものを選んだ。

飯しか炊《た》けない自分だから、少しでも美味しく楽しく食べられるように、必死に考えた。

「なるほど」

斎王はぽんと残りを口に放《ほう》りこみ、うんと頷く。咀嚼《そしやく》し飲みこむと、こちらを見た。

「これで、しまいか？　おかわりは、あるのか？」

（おかわりっ⁉）

麗《うるわ》しい斎王がおかわりを要求したのにびっくりしたが、「そんなに食うんですか⁉」とも言えない。

「少しお待ちいただければ、お作りできます。飯はまだ、沢山《たくさん》あります」

「では、作って参れ」

「は、はい」

戸惑《とまど》いながら立ちあがり、白木の盆《ぼん》を下げようと斎王の前に出ると、

「真佐智」

斎王が呼んだ。ふと顔をあげると、斎王が微笑《ほほえ》んでいた。空気の温度を下げるほどの美貌《びぼう》が、ふんわりと柔《やわ》らかな印象になっていた。大輪の花がほころぶ瞬間《しゅんかん》は、きっとこんな様子だ。

「美味しいわ」

体の芯《しん》が震《ふる》えた。震えが駆《か》け抜《ぬ》けると、その後を追うように沸《わ》きあがったのは、喜びと誇《ほこ》らしさだ。

（斎宮様を、笑わせた。わたしが、自分の力で）

美味しいという一言が、どんな褒め言葉よりも嬉《うれ》しかった。照れたように頰《ほお》が熱くなり、顔を伏《ふ》せて白木の盆を手に取ると、簀子縁へとさがって歩き出す。

（笑った。笑ってくださった）

頰の火照《ほて》りが引くと同時に、胸が、温かいものでいっぱいになる。経験したことのない満足感に、足元がふわふわする。

(嬉しい。……嬉しい!)

そしてふいに、強く思った。

(ここを離《はな》れたくない)

ここにいて、もっと斎王を笑わせたい。斎王が微笑むぶんだけ、真佐智の幸福感が膨《ふく》らむ気がした。そして斎王が微笑むと神が鎮《しず》まる。奈津たちは、斎王の微笑みのために仕える美味宮を支えることを、さらに誇りにする。

くるりくるりと、柔らかく温かいものが環《わ》となって巡《めぐ》るのだろう。それを望めば、真佐智はその環の一部になれる可能性がある。

都に帰ると、祭主に約束してしまった。しかし都に帰り元服し、宮中に仕えることに、真佐智は何を求めていたのかと、改めて思う。

自分は幸福を求めていた。今も求めている。だから、おそらくこれが幸福の形だろうと思うひな形を、自分の身の周りで探し、そこへはまり込もうともがいていた。

けれど、本当にそれが自分にとって幸福だろうか。

炊部司の主典《さかん》のように、出世のために抜け目なく手柄《てがら》をたて、階位をあげ、広い屋敷《やしき》に住み、歌と楽に親しみ、御門《みかど》の側《そば》に侍《はべ》る。そして真佐智は、そこで何を得られるのか。

そこで得られるものも、あるのだろう。

けれど今、真佐智が感じている嬉しさと同質のものとは限らない。

父も祭主も、真佐智の幸福を思い、都に帰り元服して、官職を得る計らいをしてくれた。けれど――真佐智は、もしかしたら、ここで幸福を見つけられるかもしれない。

もう一度美味宮《うましのみや》に戻って、今度は握《にぎ》り飯《めし》を三つずつ九つ作り、白木の盆にぎっしり詰《つ》めて斎《さい》王《おう》の元へ参上した。盆いっぱいの握り飯に、斎王は目を輝《かがや》かせた。

斎王の朝餉《あさげ》が終わると、真佐智は冬嗣に、祭主との対面を願った。彼は快く請《う》け合い、祭主を曹司《ぞうし》に呼び出してくれた。昨日対面したのと同じ場所で向かい合うと、祭主は気さくに笑った。

「どうした、そのように改まって。話があると聞いたが。都へ帰る道中は、退屈《たいくつ》だ。そのときにゆっくり話をするのでは、間に合わなかったのかね」

「はい」

真佐智は、顔をあげた。姿勢を正す。

「申し訳ありません、祭主様。父のたっての願いをお聞き入れいただき、こうやって迎《むか》えに来ていただきましたが、わたしは、都に帰りません。すみません」

告げると、再び頭を下げた。

「……帰らぬと？」

かなり驚いたらしく、少し間があってから、祭主はようよう確認《かくにん》するようにそう呟《つぶや》いた。真佐智は顔をあげ、相手の目を見ながらはっきり告げた。

「はい。わたしは、ここに残ります。そして美味宮候補として修業《しゅぎょう》を続け、できるならば美味宮になろうと思います」

ここに残り美味宮となれば、都に帰り官職を得るのは、まだまだ先になる。

下手をしたら、美味宮の務めを続けて、生涯《しょうがい》をこの地で過ごすかもしれない。そうなれば乳《う》母《ば》が望んだように都に屋敷を構えることはできない。しかしそうなった場合は、乳母を伊那の地に呼び寄せてもいい。

「馬鹿《ばか》なことを、君。都に帰り元服し、官職を得る。目の前に用意されたあるべき道を逸《そ》れ、伊那の地で厨《くりや》の番人になると？」

「はい」

「なぜ、そのようなことを」

真佐智は、少し考えてから口を開く。

「美味宮になりたいと、思ったのです」

「厨の番人にか？」

「はい」

迷いなく答えた。

「わたしが本当に望むものが、何処《いずこ》にあるのか……自分でもはっきりしません。でも今は、階位をあげて上へのぼりたいと思えないんです。ただわかっているのは、厨の番人と言われても、わたしがこの場所で務めを果たすことで誰《だれ》かが笑ってくれたら、それはわたしの喜びになるということです。自分が喜びを得られる場所が、きっと――今の、わたしの居場所です」

祭主は唖《あ》然《ぜん》としていたが、揺《ゆ》らがない真佐智の瞳《ひとみ》を暫《しばら》く見つめた後、大きく溜息《ためいき》をつく。

「まさか、そのようなことを言い出すとは」

「申し訳ありません」

祭主は斎宮寮《さいぐうりょう》の外に連なる山並みへと目を向ける。秋の盛りの山々は、所々が朱《しゅ》や黄に染まっている。それを見つめる祭主の瞳には、何かを憂《うれ》うような、あるいは懐《なつ》かしむような色があった。この人は、これほど優《やさ》しげな横顔をしていただろうか。

「いや、詫《わ》びる必要はない。君はやはり父君の子だ。父君に似ている。宮中での栄達よりも、自らの信義を通して須王に流された人の子だ」

「信義？　父はなぜ、須王に流されたのですか？　わたしは、その理由を知らないのです」

祭主は首を横に振《ふ》る。

「それはいずれ、父君から聞くがいい」

祭主は目尻《めじり》を下げた。仕方がないな、というように。

「良いだろう。君の決めたことであれば、ここに残りなさい」

目の前にいる人は、父との友情のために力を尽《つ》くしてくれたのだろう。それは、父のことを語ったときの、彼の呆《あき》れるような慈《いつく》しむような表情でわかった。彼は父が好きなのだ、と。だからこそ真佐智のことも、心から気遣《きづか》ってくれているのだろうと。

父には——友がいる。父が流罪《るざい》になるとそっぽを向いた人たちとは違《ちが》う種類の、そんな友がいるらしい。

「ありがとうございます」

真佐智は、深く頭を下げた。

伊那の地に来たことは、道を拓《ひら》くために自ら選び取ったのだと思っていた。しかし実際は、父の計らいの中で、選ぶべくして選んだ結果に過ぎなかった。

(でも、今、わたしがした決断は違う)

自らの意志で道を選び、真佐智は父の計らいの外へ出た。それが己《おのれ》自身に誇らしかった。

父も乳母も、真佐智の決断を少し残念がりながらも、喜んでくれる気がする。

これで良かったのだと、満足感にひたりながら炊部司へ向かった。

門が見える位置まで来たとき、一瞬《いっしゅん》足が止まった。門の柱にもたれかかる、奈津の姿があったからだ。彼は見るともなしに空を見上げている。その様子は、出会ったときと同じ。

（そういえば、美味茸のときも同じようにしてたな。奈津）

彼は気になることがあると、門前まで出て待ち構える癖《くせ》があるのだろう。門の中で待っているのが、もどかしいのかもしれない。そういうところは、素直《すなお》に行動に出るようだ。

「奈津」

呼ぶと、彼は無表情のまま柱から背を離し、腕組《うでぐ》みして真佐智を待ち構える。早足で近寄ると、責めるように言われた。

「遅《おそ》かったな。斎宮《さいぐう》様に、無事に御食《みけ》は饗せたのか？」

「ごめん。少し、寄るところがあって。でも御食は召《め》し上がっていただけた。斎宮様は美味《おい》しいと仰《おっしゃ》って、おかわりされた」

「そうか」

奈津が微笑《ほほえ》んだ。安堵《あんど》と喜びが溢《あふ》れたような、彼らしからぬ柔《やわ》らかな笑顔《えがお》に、真佐智は驚《おどろ》くと同時に、どうしようもなく嬉《うれ》しくなる。真佐智が務めを果たせれば、彼も笑ってくれるのだ。

「務められたな」

「うん」

心の底から、全《すべ》てのことが、これで良かったと思う。

「朝餉《あさげ》は?」

「まだ、食べてない」

「じゃあ、来い。食わせてやる」

奈津は歩き出した。偉《えら》そうな言葉に、真佐智は苦笑《くしょう》しながら彼の隣《となり》に並ぶ。

「食わせてやるという言い方、変じゃないか?」

「炊部の務めは、斎宮様と美味宮の食事を作ることだ。特に美味宮は、自ら食べるものを作ることができないから、俺たちが作る他《ほか》ないんだ。今日は、おまえが美味宮の代理を務めたから、おまえに食わせてやるのが筋だ」

ああ、そうかと、真佐智は納得《なっとく》した。

食わせてやるというのは、奈津たちの自負の言葉だ。自分たちが、美味宮を支えているのだ、と。だから今回、たまたま真佐智がその代理をしたのだから、「食わせてやる」のだ。

(誇《ほこ》り高いから)

だからこそ彼は怒《おこ》るし、怒鳴《どな》るし、不機嫌《ふきげん》にもなるし、微笑みもするのだ。

「それにしても、美味宮の具合は良くなったのかな? 明日ももしかして、わたしが作るの? 明日も握《にぎ》り飯《めし》しか作れないけど。さすがに二日目になると、斎宮様は怒りそうだ」

「それが」

と、奈津は不審《ふしん》げに眉《まゆ》をひそめた。

「作り終わった御食を、おまえが斎宮様の元へ運んでいった後、ひょっこり美味宮が厨に顔を出された。つやつやと、血色の良い元気そうなお顔でな」

「え？」

「具合はよろしいのですかと訊《き》いたら、すっかり良いと言う。だが、本当に病だったのなら、そんなことあるはずない。あれは仮病《けびょう》だ」

「仮病!?　なんで」

「わからない。美味宮《うましのみや》は、誰よりも務めに忠実な人だ。その人がこんなことをしたことは、今までにない。何があってこんなことをされたのか、気がかりだ」

歩きながら、心配そうに奈津の表情が曇《くも》る。

「何があったんだろう。そうだ、わたしは美味宮に勤めている女の子と、知り合いになったんだ。その人に訊いてみようか。美味宮に、何か変わったご様子はないかって」

「美味宮の女の子？　美味宮には、常に美味宮お一人しか住まわれていない。掃部司《かたいべつかさ》の連中が時々宮を整えるために入るだけで、今回の俺たちみたいに、代理で入るのだって滅多《めった》にないことだ」

「でも確かに、あの子は美味宮の門の中に」

彼女は山菜を山盛りにした笊《ざる》を抱《かか》えていたし、栗《くり》を求めて膳部司にやってきてもいた。御食に必要だ、と言って。それは間違《まちが》いなく美味宮が使うためで――そこで、ぎょっとした。

「奈津⁉　美味宮ってどんなお方なの。お年とか、お顔とか」

「年は、俺より少し上か同じくらいだろう。斎宮様のような美貌《びぼう》ではないが、そこそこお可愛《かわい》らしい。まん丸な目をしてて、そうだな……失礼だが、小さな動物のような雰囲気《ふんいき》だな」

息を吞《の》む。

（それって、じゃあ！　あの人が美味宮！）

栗ご飯《はん》を羨《うらや》ましがった、どこか気の抜《ぬ》けたような笑顔の彼女が、嵬国へ嫁《とつ》ぐという美味宮なのだ。そしてさらに、気がつく。

彼女に栗ご飯を渡《わた》した昨夜、彼女は別れ際《ぎわ》「またね」と言った。

あのときは、人の話を聞いていないのだろうと思ったが、そうではない。彼女は、あえてそう言った可能性がある。翌日、自分が仮病を使い、真佐智に自分の代役をやらせようという腹づもりが、あのときできていたとしたら。

彼女は、真佐智が幸せそうでないと言った。そして本当に真佐智に必要なものを、真佐智本人が気づかないうちに見抜《みぬ》いたのかもしれない。だから代役を務めさせた。

——一度、経験してみれば良いのじゃないかしら？

ほわりと笑って、美味宮はそんなふうに言いそうな気がした。

栗ご飯を羨ましがるような、とりたてて特別な雰囲気もない女の子が美味宮で、しかもその彼女に導かれたのだと思うと、なんだかおかしくなって、ふふっと真佐智は笑ってしまう。

奈津が気味悪そうに、肩《かた》を引く。

「なんだ、急に笑い出して」

「うん。ちょっと。面白《おもしろ》い場所だと思って、ここは」

井戸《いど》の周りで、厨《くりや》の連中がくつろいでいる。秋の日射《ひざ》しの下で、彼らはふざけあったり、賽《さい》を振って遊んでいたりしたが、真佐智の顔を見ると「おかえり」「お疲《つか》れさん、姫《ひめ》さん」と声をかけてくれた。真佐智は「ただいま」と答えて、厨の連中が期待しているだろうお約束の通りに、ちゃんと訂正《ていせい》した。

「姫さんじゃないけど」

連中は、待ってましたとばかりに、わっと笑う。最初はこうやって笑われるのも嫌《いや》だったのに、これが楽に呼吸するみたいに、心地《ここち》よくなっている。

「お腹《なか》が空いたよ、奈津」

訴《うった》えると、奈津は口の端《はし》を微《かす》かにあげた。

「好きなだけ食えばいい。俺が作った朝餉だ。間違いなく、美味《うま》い」

薄《うす》い雲が流れる空は高く澄《す》んでいる。日射しは優《やさ》しく、実りの秋を祝《ほ》ぎ降り注ぐ。稲《いね》は穂《ほ》を垂れ、木の実は熟《う》れる収穫《しゅうかく》のとき。全ての生き物は、「食」の喜びに満たされる。

あとがき

はじめまして。あるいは、こんにちは。三川《みかわ》みりです。

この本は、料理男子の和風ファンタジーです。五話構成の連作短編となっています。

実はこの物語、同じくビーンズ文庫で刊行されている『一華後宮料理帖《いっかこうきゅうりょうりちょう》』のスピンオフです。しかしながら舞台《ぶたい》となる国が違い、なおかつ主人公も主要登場人物たちも新キャラクターで、物語としては別物。ほぼ新作です。ただ『一華後宮料理帖』でお馴染《なじ》みの人物も出てくるので、一華をご存知《ぞんじ》の読者様にはその点は楽しんでいただけたら嬉《うれ》しいなと思います。

今回も色々とご指導くださった担当様、ありがとうございます。担当様はちょくちょく名言を繰《く》り出されるのですが、今回の名言は「男のたすき掛《が》けはロマン！」です。常に楽しく仕事をさせていただけること、心からありがたいです。そして、たすき掛けのロマンを、これ以上ないほど素敵《すてき》に見せてくださいました、凪《なぎ》かすみ様。ありがとうございます！　表紙を拝見したときには、真佐智《まさち》の可愛《かわい》さ、奈津《なつ》の格好《かっこう》良さに震《ふる》えました。衣の紋様《もんよう》や背景、手鞠寿司《てまりずし》の美しいこと。本当に、凪先生に描《か》いてもらえるのは幸運だと、しみじみ感謝です。

最後になりましたが、読者の皆《みな》さま。この本を手に取っていただき、ありがとうございます。読んでもらえたら、さらに嬉しいです。少しでも面白《おもしろ》かったと言ってもらえたら、舞《ま》いあがって喜びます。ひとときでも、皆さまの楽しみになればと願っています。

三川みり

「双花斎宮料理帖」の感想をお寄せください。
おたよりのあて先
〒102-8078　東京都千代田区富士見1-8-19
株式会社KADOKAWA　角川ビーンズ文庫編集部気付
「三川みり」先生・「凪かすみ」先生
また、編集部へのご意見ご希望は、同じ住所で「ビーンズ文庫編集部」までお寄せください。

双花斎宮《そうかさいぐう》料理帖《りようりちよう》

三川《みかわ》みり

角川ビーンズ文庫　BB73-33　21202

平成30年10月１日　初版発行

発行者――三坂泰二
発　行――株式会社KADOKAWA
〒102-8177　東京都千代田区富士見2-13-3
電話 0570-002-301（ナビダイヤル）
印刷所――暁印刷　製本所――BBC
装幀者――micro fish

ISBN978-4-04-107509-8 C0193 定価はカバーに表示してあります。

第18回
角川ビーンズ小説大賞
原稿募集中！
カクヨムからも応募できます！
ここが「作家」の第一歩！
賞金
大賞100万円
優秀賞 30万円
奨励賞 20万円
読者賞 10万円
締切
郵 送：2019年3月31日（当日消印有効）
WEB：2019年3月31日（23:59まで）
発表
2019年9月発表（予定）
応募の詳細は角川ビーンズ文庫公式HPで随時お知らせいたします。
https://beans.kadokawa.co.jp/
イラスト／たま